挺起钢铁的脊梁
——大革命及抗战时期中山红色故事

中共中山市委党史研究室　编

SPM
南方出版传媒
广东人民出版社
·广州·

图书在版编目（CIP）数据

挺起钢铁的脊梁：大革命及抗战时期中山红色故事 / 中共中山市委党史研究室编. —广州：广东人民出版社，2019. 11
ISBN 9787-218-13905-0

Ⅰ．①挺… Ⅱ．①中… Ⅲ．①革命故事－作品集－中国－当代 Ⅳ.
①I247.81

中国版本图书馆CIP数据核字（2019）第243773号

TINGQI GANGTIE DE JILIANG——DAGEMING JI KANGZHAN SHIQI ZHONGSHAN
HONGSE GUSHI

挺起钢铁的脊梁——大革命及抗战时期中山红色故事

中共中山市委党史研究室　编　　　　　　　　　☑版权所有　翻印必究

出 版 人：肖风华

责任编辑：李锐锋　刘　颖　冼惠仪
封面设计：吴可量
排版设计：蓝美华

统　　筹：广东人民出版社中山出版有限公司
执　　行：王　忠
地　　址：广东省中山市中山五路 1 号中山日报社 8 楼（邮编：528403）
电　　话：（0760）89882926　　（0760）89882925

出版发行：广东人民出版社
地　　址：广东省广州市海珠区新港西路 204 号 2 号楼（邮编：510300）
电　　话：（020）85716809（总编室）
传　　真：（020）85716872
网　　址：http://www.gdpph.com
印　　刷：恒美印务（广州）有限公司
开　　本：787mm×1092mm　　　　1/16
印　　张：12.5　　　　字　　数：162 千
版　　次：2019 年 11 月第 1 版
印　　次：2019 年 11 月第 1 次印刷
定　　价：58.00 元

编委会

主　编：黄春华　谢长贵

编　辑：邱霖巧

中共中山市委党史研究室　编

CONTENTS
目　录

铁骨铮铮，青史永存　141

大革命时期中山红色故事

1925 年，中山建起了第一个中共组织

广东省中山市位于珠江口西岸，被广州市及澳门、香港环绕包围。明朝中后期，澳门为葡萄牙人的租借地区。鸦片战争后，香港被割让给英国，广州市成为最早开放的五个通商口岸之一。特殊的地理位置，加上多种文化的融合，使得中山县（1925 年香山县改中山县，1983 年 12 月中山撤县建市，1988 年升为地级市）县民易于接受新思想。在孙中山的影响下，不计其数的中山人走上革命的道路。中山成为中国共产党较早活动的地区之一。

1921 年，杨匏安（香山县南屏乡北山村人，今属珠海）加入共产党，是中国最早的 53 名共产党员之一。1922 年下半年，杨匏安担任中国社会主义青年团广东区委员会代理书记。在主持广东区团委工作期间，杨匏安向青年学生宣传马克思主义，发展了许多团员。

1923 年 5 月 13 日，广东社会主义青年团进行改组。随后，中共党员、广州社会主义青年团候补执行委员周其鉴[①] 来到香山，奔走于一、四、八、九区宣传革命，指导开展青年运动，成为最早在中山地区开展革命活动的中共党员之一。

1924 年 8 月，中共广东区委派党员梁九（又名梁有善，东乡人）与由杨殷介绍入党的第一届广州农民运动讲习所（以下简称"农讲所"）学员梁桂华、梁功炽，以国民党中央农民部特派员的身份到香山组织农民运动。为加强对中山农民运动的领导，中共广东区委

---

① 周其鉴（1893—1928），生于肇庆广宁县新楼村。中共早期党员之一，中共西江组织创始人，广东农民运动四大领袖之一。周恩来曾高度评价说："广东农民运动掌握领导者是彭湃，在武装运动上，开始领导是周其鉴同志。"

特派梁复燃①前来开展工作。稍后，岐山李屋边（今属中山市南朗镇）人李华焌在广州农讲所参加第二届学习班，其间加入中国共产党。11月，李华焌以国民党中央农民部特派员身份回到中山组织农民运动。年底，中共党员、车衣工人冯光受组织委派，到香山组织发动工人运动。共产党员韦健、陈周鉴②等亦以农民部特派员身份陆续被派到中山工作。

大革命时期中共中山县委活动旧址

　　1925年年底，中共中山县支部委员会成立，隶属中共广东区委。支部书记李华焌，党员有冼雄标、卢达云、梁仕坤、梁瑞生（九胜）、梁岐玉、梁发、梁伟民、梁九、陈军凯、严庆瑶、吴兆元等十多人。

　　中共中山支部建立后，成为领导中山农民运动、工人运动、妇女运动、青年运动的核心力量。1926年年底，中共中山县委成立，李华焌为首任县委书记。随着中共中山组织的建立，中山的工农革命运动有了坚强的领导和明确的奋斗目标，全县革命力量不断发展壮大，进而推动了中山地区革命统一战线的发展，国民革命运动在中山地区迅速掀起高潮。

① 梁复燃（1891—1975），原名梁汝樵，佛山人。1921年加入中国共产党。1924年参加广州农讲所第一届集训，毕业后以农民部特派员身份先后到南海、中山等地开展农民运动。
② 陈周鉴，生卒年不详，化州人，中共党员，大革命失败后转移到香港，后失去组织关系。

大革命时期，中山农民运动轰轰烈烈

农讲所：农民革命大本营

1924 年 7 月 3 日，第一届农民运动讲习所学习班在广州开班。梁功炽、萧一平和郑千里三名中山籍青年参加了这届农讲所学习。

农讲所是大革命时期国共两党合作创办的培养农民运动骨干的学校。举办农讲所的使命，正如《中央农民运动讲习所开学宣言》中所说："是要训练一班能领导农村革命的人才出来，对于农民问题有深切的认识、详细的研究、正确解决的方法，更锻炼着农运的决心，几个月后，都跑到乡间，号召广大农民群众起来，实行农村革命，推翻封建势力。中央农讲所可以说是农民革命大本营。"学习期间，彭湃[①]亲自带学员到广州市郊实习，向学生传授海陆丰农民运动的经验。

从 1924 年 7 月 3 日至 1926 年 9 月，广州农讲所共举办六届学习班。前五届共有毕业学员 454 名，其中有 32 名中山籍学员，占比约 7%。这些青年毕业后，有的以国民党中央农民部特派员的身份分配到省内各地工作，有的回到家乡成为领导农民运动的骨干。

1924 年 7 月 31 日，国民党中央执行委员会农民会决定"组织香山农民协会筹备委员会，指定谭平山、彭湃及农讲所学生三人为委员，筹备该协会各种计划"。孙中山对此尤为关注，亲自过问并拟将香山农民协会作为全国模范农会，委派廖仲恺、谭平山到香山具体指导。8 月 22 日，香山农民协会筹委会发表《告农民书》，号召全县农民同胞"速起团结组织农民协会"。

---

① 彭湃（1896—1929），广东海丰人，1918 年进入日本早稻田大学政治经济科学习，回国后致力于开展农民运动。撰写的《海丰农民运动》成为从事农民运动者的必读书。1924 年 4 月，赴广州领导农民运动，创办农讲所，是第一届、第五届农讲所主任和农讲所骨干教员。

1924年8月中旬，广东省省长廖仲恺、国民党中央组织部部长谭平山一行赴香山九区大黄圃出席九区民团成立大会，视察农民运动情况。中共广东区委派出的梁九、萧一平等随行。面对参加大会的5000多人，廖仲恺号召"各位耕田兄弟"组织农民协会。

中山地处珠江出海口岸，是珠三角著名的沙田地区。沙田区有一类颇具特色的群体，即被称作"疍家佬"的水上居民。他们向来被认为低人一等，住茅寮，吃不饱，穿不暖，还要承担各种苛捐杂税（多至23种，少的也有七八种）。以南屏乡为例，当时亩产约300市斤，仅"禾更"就要50市斤，即使遇到天灾无收成，也得交纳。此时，一省之长如此关心农民，体贴农民，讲的道理深入浅出、明白易懂，是他们从来不曾听见的。这深深地打动了他们，也让广大中山农民备受鼓舞。随后，农民运动在中山逐步兴起。

首个乡农会"麻子乡农民协会"成立

廖仲恺离开香山后，萧一平、梁九以中央农民部特派员身份留在九区指导农民运动工作。鉴于九区土豪劣绅势力大，土匪多，萧一平和梁九与当地人语言不通（九区讲广府水上话，萧一平和梁九讲闽语），工作不好开展，梁九提议到四区的麻子、濠涌一带发动农民。麻子、濠涌一带村庄较大，人口较多，农民受压迫重，出外谋生的人也比较多，他们见识广，思想较开通，如果能在麻子打开局面，影响一定很大。

转移到麻子乡后，一方面，梁九与村中较有威信的陈崇维结交，另一方面每天白天到村外田头地角，找寻机会接近农民，逐渐联络了一批中青年村民，向他们宣传"要解决农民生活问题和不受剥削压迫，就必须团结起来组织农民协会"的道理。孙中山的故乡翠亨村离麻子乡很近，农民对他很是敬仰，对他"扶助农工"的政策深信不疑。

1924年8月，梁桂华、梁功炽以国民党中央农民部特派员的身份来到香山。梁功炽本是麻子乡人，他回来后工作进展更为顺利，参加聚会的村民越来越多。经过充分的筹备，同年9月，在梁季安

梁季安祠堂（麻子乡农会成立旧址）

祠堂召开麻子乡农民协会（以下简称"麻子乡农会"）成立大会。大会民主选举出陈帝灿、陈崇维、陈仲、梁官帝、陈计开、梁顺如、陈信友七人为执行委员，陈帝灿任会长，陈崇维任副会长。麻子乡农会不仅是香山县成立的第一个农民协会，也是珠江三角洲地区首个成立的农民协会。

麻子乡农会成立后，即提出"平均土地，耕者有其田"和"二五"减租的口号，免除了一些苛捐杂税。针对主持香山军政部的郑雨初向该乡勒收每亩白银一毫的"自卫总局费"，农会发动农民抗缴。由于农民团结力量大，斗争取得了胜利。为维持地方治安，巩固农会组织，防止反对势力的破坏，该乡组织建立农民自卫军。三十多名青年农民报名参加，陈帝灿、陈崇维任正副队长。

麻子乡农会在维护本乡农民利益和向土豪劣绅开展斗争方面，为以后在全县范围内发动更多的农民组织农会树立了榜样。至1924年9月底，四区濠涌乡和九区的坡头沙乡、二股乡、浪网沙乡、小黄圃乡相继成立了农民协会。①

然而，吴铁城、欧阳驹等国民党高官也布置亲信在香山把持农会，委任郑雨初为香山县农会的临时会长，使斗争变得复杂起来。为加强对香山农民的领导，中共广东区委派党员梁复燃以国民党中央农民部特派员的身份到香山组织领导农民运动。不久，国民党中

---

① 参见《广州民国日报》1924年10月6日。

央农民部又先后派来李华炤、梁岐玉、冼雄标、梁瑞生、关仲、陈官祥、吴兆元、马卓腾等一批特派员加强香山的农民运动工作，他们与萧一平、梁桂华、梁功炽等在本县乡村宣传及组织农民协会，使香山的农民运动逐步兴起。

在中共党员和农民特派员的组织发动下，同年冬天，四区的左步、岐山，九区的大黄圃、孖沙，六区的翠亨、上栅，一区的树涌、深湾、长洲、长命水等区、乡农会陆续建立。九区大黄圃农会还选出了共产党员、农民运动特派员卢达云为该会会长，他是香山最早担任群众组织领导职务的共产党员之一。

中山县农会成立

随着各区、乡农会的陆续建立和工农革命运动的深入发展，1925年年初，黎炎孟、韦健、陈周鉴等中共党员以农民运动特派员身份到中山加强工作，区、乡农会如雨后春笋般建立起来。全县九个区中，七个区成立了区农会，两个区建有区分会，建立了131个乡农会，参加农会的农民达17037人。中共组织在中山农村活动力量的壮大和各级农会的建立，为建立县农会打下了基础。

根据斗争形势的发展，为进一步加强对区、乡农民运动的组织领导，1925年4月，中山县第一次农民代表大会在石岐仁厚里召开，各级农会代表近100人参加了大会。大会宣告中山县农民协会成立，通过了农会章程、行动纲领、会员誓词，号召全县农民与工人结成联盟，团结起来，打倒帝国主义、打倒军阀、打倒土豪劣绅，推翻帝国主义和封建主义的压迫和统治。

中山县农会成立旧址（仁厚里）

农会会员誓词

服从农会命令，遵守农会纪律；

按章缴纳会费，拥护多数决议；

不分地方界限，不分姓氏差别；

不得借会营私，私斗尤须禁绝；

凡属本会会员，务须亲爱团结；

万众一心向前，打倒贪官豪劣；

帝国主义军阀，专吸工农膏血；

工农联盟起来，敌人完全消灭。

中山县第一次农民代表大会还宣布取消苛捐杂税，凡属农会会员，除交会费外，其他一切杂费如沙捐、亩捐或更谷等一律免交；农会有权接管祠堂的公款和地主的武装、举办农村的文化教育和其他公共福利事业；提出"自筹自卫"的方针，成立农民自卫军，捍卫会员的利益和镇压土豪劣绅的破坏活动。

大会选出卢达云担任县农会执行委员会委员长，陈军凯为副委员长，李华炤、冼雄标、林岳坤（以上均为中共党员）为执行委员，冼雄标为秘书，何卓荣为书记。这是由共产党员直接参加组织领导的农民运动常设机构。从此，中山农民运动在组织上直接接受中国共产党的领导，农会成为农民运动中的有力支柱。县农会成立后，统一领导全县各地农会会员进行斗争，各农民特派员全力以赴，努力为农民解决实际困难，且办事有效有序，声望日高。农民渐渐觉悟到农会是真正为农民谋利益的，都真心拥护农会。

为了加强农民运动的领导和支援工人阶级的斗争，中共中山组织以中山县农民协会名义，于1925年8月11—13日，在石岐召开第二次全县农民代表大会。到会各区代表共78人。国民党中央农民部秘书罗绮园、广东省农民协会代表何友逖及中山县县长黄居素等参加大会并发表演说，"备极一时之盛"。会议总结了自第一次全县农代会以来开展农民运动的经验教训，分析了形势，提出要加强农民自卫军的组织训练，成立农军模范队，制定今后的斗争任务，并作出包括禁绝烟赌、要求政府解散土匪式军队、规定划一捐款归农民自筹自卫等决议。中共党员卢达云、李华炤、黎炎孟、韦健、梁岐玉、陈周鉴、李周元等被选为执行委员，甘式图为书记。

在中共中山组织和各中共党员的努力下，中山农民运动发展迅速，至1926年1月，共成立区农会7个，乡农会126个，会员共18000余人。到1926年11月，乡农会增至152个。各乡均组织了农民自卫军。县农会领导全县农民开展轰轰烈烈的农民运动。

县农会的成立，使得以往"原子化"的农民团结起来互相帮助的同时，也增强了对外抗争的力量。全县各地农民在农会的领导下，向官僚、地主、土豪、劣绅进行抗苛捐杂税的斗争。各地普遍开展"二五"减租，农民收入有所增加，生活水平得到提高，大大减轻负担。平岚警所巡官张达廉恃势欺人，威逼乡民缴纳苛捐谷税。1925年，平岚乡农会主席郑权两次带领本乡农民进行抗捐斗争，均获胜利，农会威信大大提高。之后，不少农民纷纷加入农会以求自救。

农民拒交苛捐杂税，造成既得利益集团利益受损。他们视农会为眼中钉，欲除之而后快。他们散布谣言中伤农会，冒农会之名招摇撞骗，收缴农民枪支，恐吓农民退会，甚至用武力摧残农会……针对敌对势力的进攻，农会展开了激烈的斗争。

二区涌头乡长兼县署游击队队长李公藻恃势横行，向农民勒收队费，还把持农会，以农会之名四处招摇，扰乱地方安宁，致使一些农民误认为农会是不正当机构。农会便向较同情县农会的中山县县长黄居素呈递报告，由黄居素向上呈报。1925年10月1日，省农民部派出秘书罗绮园到中山，会同黄居素带上地方警察到二区清乡，处决了几个恶贯满盈的土匪头子。1926年，南屏乡民团拘捕农会干部，打死、打伤农会会员十余人。黎炎孟接报后，与冼雄标带领100多名农军即赴南屏支援。劣绅民团相当惊恐，于是派人前往与农民讲和。县农会对当地反动民团进行了惩处，民团归还农会枪支弹药，赔偿抚恤费、医药费、赡养费共3500元；将此后所收的"更谷"拨出一半，作为农军的活动经费；对民团进行改组，保证以后不再发生类似事件。

斗争的胜利使农会的威信得到提高，农民更加拥护农会。农民更进一步认识到，要反对压迫剥削，取得解放，非团结不可。农民的革命意识日渐增强，开始明白到农民本身团结的力量。有组织的农民渐次热心会务，未有组织的农民亦感觉到农会是为农民谋利益的。

农民自卫军的诞生

1924 年 5 月 25 日至 6 月 1 日，在广州召开的社会主义青年团粤区代表大会通过《广东农民运动决议案》，提出"农民协会，在国民政府统治下，宜从速组织自卫团"。6 月 9 日，广东革命政府发表《农民运动宣言》，号召建立农民协会的同时，组织农民自卫军。据此，农民自卫军成了国民革命运动中合法的群众组织。中山县农民协会成立后，各区、乡农民自卫军也相继成立。在短短的几个月中，全县先后成立了 12 支农军，共 3336 人，并配备一定数量的武器。农民自卫武装队伍直接受农会的指挥，在配合农会开展抗缴苛捐杂税、减租、接管祠堂公款的斗争中发挥了积极作用。

20 世纪二三十年代初，中山县民团和护沙队均是地方势力的武装，多为兵匪混合，日则为兵，夜则为贼，小则打家劫舍，大则焚劫乡村。县农会成立后，明确规定取消不良护沙队和民团，农民自筹自卫。1925 年下半年，四区农会成立了由 40 多名农民组成的自卫军队伍，由共产党员熊晓初任队长。四区农民自卫队成立后，区民团局自行解散，全区治安即由农军防守。区内亩捐归农会抽收，以作农军经费，各乡农会赖以保障。县农会还向"县长黄居素呈请全县沙田交由农民协会派自卫军担任护沙，并收县自治之费"，以保护沙田农民的利益。

三区是豪绅最多，而且受土匪压迫及护沙之苛抽较重的地区。1925 年 11 月，三区各乡农会派出武装自卫军 80 余人，实行自耕自看，反对民团、老更收保护费。盘踞于三区一带的土匪郭生等人，不甘利益流失，将农民自卫军的枪械全数收缴。后由县农会出面，将郭生拘捕，押解至省农会惩办。

麻子乡是时任广州公安局局长欧阳驹的家乡，民团和农民斗争很激烈。1925年夏秋间，驻军二十九团团长李皋依仗欧阳驹的势力，围剿麻子乡的农民自卫军，打死一陆姓农军队员。县农会即发动中山各界声援农会。中山工农商学联合会组织到省府请愿，要求惩办李皋，得到国民党广东省党部、省政府、省农会的支持，派员到中山调查。后李皋被扣留并赔偿抚恤费数千元，民团也被解散。

九区一带土匪、护沙队强行勒收苛捐杂税的现象非常严重，使得当地农民无法生活。县农会负责人李华烻及区、乡农会的梁健荣等发动农民组织农军，向护沙队展开抗缴护沙费的斗争。1926年秋收时节，梁健荣率领九区低沙一带的农民自卫军与勒收黑票的匪帮作斗争，取得胜利。此后，护沙队、匪帮再不敢欺凌勒诈农民。

1926年五一劳动节，中山四区和五区分别举行农民自卫军大巡行，逐步扩大了农军的影响。为提高农民自卫军的素质，1927年年初，县农会组织小队以上干部100多人集中训练。县农会还从每乡的农民自卫军中挑选精干人员加入农民模范军，并从黄埔军校请来中共党员张钊、欧阳×担任军事教官，黄健任政治教官，参照黄埔军校的方式训练农军。

通过农民运动，广大农民的政治地位提高了，逐步解除了地主恶霸的重重压迫。地主恶霸、土豪劣绅也不敢兴风作浪，鱼肉农民。

中山工农大联合支援省港大罢工

　　大革命期间，广东的工人运动发展迅猛，香山籍中共党员林伟民、苏兆征、杨殷成为杰出的领导者。按照中共广东区委的部署，1925 年，中共党员冯光到中山开展工人运动。同年秋，全县各行业基层工会联合组成中山县总工会，设在石岐龙母庙街，冯光（车衣行业）当选为执行委员长，陈鸿宾①为常务执行委员。二区的沙溪、三区的小榄工会组织比较多，成立了区工会，小榄还设立了办事处以便联络。

　　在中共中山组织的领导下，总工会广泛组织工人学习文化、引导工人奋起与资方作斗争，工人的生活得到改善，政治觉悟不断提高。1926 年，由县总工会领导的各行业工会纷纷成立工人自卫队，共计 600 多人，并配备了一定数量的枪支。

　　为支援上海人民"五卅"反帝爱国运动，中共中央广州临时委员会和中共广东区委决定在省港两地举行大罢工，指派邓中夏、黄平、杨殷、杨匏安、苏兆征（后四位均为香山人）五人组成"党团"，作为罢工的指挥机关，前往香港组织罢工。与此同时，中共广东区委在广州亦加紧开展罢工的各项工作。1925 年 6 月 19 日，规模宏大的省港大罢工爆发。苏兆征当选为罢工委员会委员长。

　　在组织工人纠察队参与东征、保卫广东革命政权的同时，苏兆征兼管罢工的财务事宜，保障了罢工工人的衣食住行。地处珠江口西岸的中山，对外贸易向来发达，位于境内东面的珠江八大门之一的横门是通往香港的主航道，位于西面的磨刀门水道支流前山河是通往澳门的航道，分别设有洋关和白石门关。省港大罢工期间，罢工委员会宣布禁止英国的船只进出广东各港口。罢工委员会把中山

---

① 陈鸿宾，石岐人，糖果饼干业工会负责人，中共党员，大革命失败后脱党。

列入省港工人纠察队防线的第四区，派出两支纠察队分别进驻石岐下闸、前山两地，封锁通往香港、澳门的横门、前山、唐家湾的水陆交通出口要道，查缉偷运洋货进入内地和走私集团运货物出口的船只。担任驻前山的省港大罢工工人纠察队小队长刘吉棠是中山小榄人。罢工伊始，他带领小队驻扎前山坚持斗争，直至翌年10月罢工结束方撤出。

省港大罢工的革命精神教育和鼓舞了中山人民，各行各业的工人纷纷组织起来配合斗争。在中共中山组织和省港大罢工工人纠察队的发动下，石岐、前山、唐家等地组织了工农纠察队与宣传队，采用话剧、演讲、散发传单等方式，上街头、下工厂、到农村，大力宣传省港大罢工的意义，唤醒工农人民投身反帝国主义、反封建主义的斗争。

中山农民也"很热烈地一致起来实行封锁政策，截留外来的英货不许入口，检查内地奸商劣绅互相勾结偷运出口的上货，不准接济香港"。中共中山县支部还以县农会名义，在石岐学宫召开大会，号召农民支援省港大罢工。由唐树带领的省港罢工委员会工人纠察队曾到中山训练，并在训练期间与农会举行联欢会、座谈会，表示要互相支援。

为声援省港大罢工，新学生社中山分社主要骨干刘广生、黄健等，在全县中学、师范学校等发起组织学生救亡团，发动大批青年学生上街游行示威。数百名学生参加宣传队、戏剧队，深入各区、乡演出街头剧募款，宣传抵制洋货与实现爱国救亡。不少小学也成立了儿童团，儿童团团员白天上课，晚上以街头唱歌、演剧的形式声援省港大罢工。

中山县总工会活动遗址（龙母庙街旧照，已拆毁）

省港大罢工一周年时，总工会和县农工学协会举办"省港罢工周"宣传活动，还在石岐马路的街头搭建捐献台，把捐得的款项送给省港罢工委员会。

省港大罢工对中山工人产生了极大的影响，广大工人看到了本阶级的强大力量。在省港大罢工的推动下，经过党在工人阶级队伍中组织的活动，石岐、小榄、沙溪等地纷纷成立基层工会。

经历学生运动的锻炼，
一批革命战士茁壮成长

中国共产党成立后，党组织十分重视青年运动。在中国共产党第三次全国代表大会上通过的《青年运动决议案》中指出青年运动是中国共产党的重要工作之一，"应从一般的学生运动引导青年学生反对军阀反对帝国主义的国民运动"。在中山，一大批青年骨干在学生运动中茁壮成长，成为坚强的革命战士。

新学生社中山分社成立

新学生社是中国社会主义青年团（1925 年 1 月改名为中国共产主义青年团）广东区委的外围组织，以向青年学生进行革命宣传教育为主。其时，中共组织在广东青年学生中的工作主要通过新学生社来开展。1924 年 11 月，广东新学生社更名为新学生社，提出"打倒帝国主义，打倒军阀"的口号，号召进步学生奋起"解放中国，改造社会，增进民众幸福"。当时有些青年学生不愿意加入国民党，也不愿意加入青年团。新学生社便淡化党团色彩，以利于吸收更多学生参与改造旧社会。

1925 年年初，中山县立中学进步学生刘广生、黄健、高宗濂、郭林添等在县内组织发起学生运动。黄健前往广州与新学生社联

刘广生（1901—1928），首任中山县学联会主任委员、首任中山县团委书记

系，广州新学生社总社派黄云如到中山县立中学任训育主任兼负责组织的工作。在共青团广东区委和新学生社的指导和帮助下，新学生社中山分社成立。新学生社备受广大青年学生的拥护，短短数月，县立男子师范学校、女子师范学校和小榄、恒美、张家边、白石、神湾、龙眼树涌、神涌等乡村学校也陆续建立了新学生社组织。社员从进步青年学生发展到进步教师、青年工人、青年农民等150多人。同年9月，新学生社中山分社召开第一次社员代表大会，正式宣布中山分社成立，选出了第一届执行委员会委员：主任委员刘广生，书记高宗濂，委员有黄健、黄弥谦、黎奋生、李镇南、李社。

新学生社中山分社成立后，组织社员开展"救亡运动""抵制日货""反英运动"等，协助农会下乡宣传。竞修学校的李镇南在校长李硕卿的支持下发起组织学生宣传队，上街头宣传抗日救国，并赴大涌、三乡等地宣传。归校后，还向全校学生报告宣传活动的经过，在学生中产生了较大的影响。

1926年4月中旬，刘广生、黄健、刘梓材、缪诗梅代表新学生社中山分社、县学联参加了广东学生联合会第一次全省代表大会，刘广生被选为代表大会的秘书，黄健被选为省学联第一届执行委员。

同年8月，国民党广东省党部举办夏令营讲习班，招收学员共124人。学员由各地选派，中山县籍学员11人，其中县立中学就有孙一艺、马庾庵、汤伟鹏、刘梓材、余星白、吴涤非、黄农世、阮筱平共8人。另还有竞修学校学生李镇南和国民党旅港支部第六分部派送的杨康科和香港学生联合会派送的卢志昭。该班由中共党员、国民党省党部青年部黎越庭主持。教员有省妇女部邓颖超、广东大学文科郭沫若、黄埔军校恽代英、中共广东区委青年运动委员会委员郭寿华、国民党广州市党部宣传部陈其瑗、中央党部吴稚晖、中央党部农民部甘乃光、教育行政委员会金曾澄等。这批学生回中山后，都成为学生运动的骨干。

改组学生会

随着青年学生运动不断深入发展，1925年9月，刘广生、黄健、高宗濂、黎奋生等联合全县的中小学进步师生，在石岐召开中山县第一次学生代表大会。选举产生中山县学联会，刘广生当选为学联会主任委员，李镇南当选为副主任委员。中山县学联会会址设在县城东岳庙，头座办平民夜校，中座办青年补习班，后座是办公和开会的地方。学联会中的共产党员和青年团员在发动学生开展反对帝国主义文化侵略、反对洋奴教育和反对禁止学生爱国行动等活动中发挥了作用。他们通过办平民夜校，创办《仁言报》，组织学生街头演戏、散发传单、张贴标语，配合共产党在中山的革命活动，使中山的青年学生运动呈现出自"五四"后一度沉寂而走向复苏的气象。

1926年年初，国民党中央青年部在广州举办青年训育员养成所，致力于培养青年骨干。中山先后派刘广生、黄健、孙康等12名青年参加培训。这批学生回到中山后，即着手改组各学校学生会工作，物色各校的积极分子作为学生会的骨干，使学生运动的阵地得到逐步巩固。在县城，逐渐形成了以县立中学为中心的学生运动阵地。在农村，四区神涌、一区龙眼树涌两所乡村校的学生最活跃。1926年，由中共党员刘广生、黄健、王器民、李慕濂等筹备组织，全县学生代表大会在县立中学礼堂召开，出席代表达200人，主要宣传三大政策，提倡民主自由，目的是宣传发动广大青年学生和唤起人民投身革命。

中山学生的"择师运动"

"六二三"事件后，中山的学生救国运动掀起了高潮。县政府当局慑于革命运动的声势，利用各种手段压制学生运动。中共中山支部书记李华炤与黄健等是中山县改组国民党委员会成员。李华炤指示刘广生、黄健等要因势利导，发动青年学生开展"择师运动"。

中山县女子师范学校教师张仕钊是国家主义派，上课时宣传教育国家至上，反对人民革命，对学生运动诸多刁难。李慕濂等便以学生会名义要求校方解聘张仕钊，组织学生进行罢课斗争，将其驱逐出校。县立中学校长林苟，为镇压学生运动，竟出动武装搜查学生宿舍，威胁家长，又指使一些学生以隆镇同乡会名义，以壁报形式攻击孙中山的三大政策。刘广生等通过《学生喉舌》等刊物，向广大学生揭露林苟及学校当局的丑恶行径，使学生更加坚定斗争信念。

为此，林苟宣布开除进步学生刘广生、黄健、高宗濂、孙康、刘梓材、黄植之、黄华枢、何玉伦、邝炳森等 13 位学生的学籍。校当局的行为激起了广大进步学生的愤慨，他们在中山中共组织领导下，以择师运动委员会名义，发动全校学生开展罢课斗争。县立男子师范学校、女子师范学校及部分中小学也纷纷组织罢课以声援，农会、工会组织也在报刊等发表声援声明，逐步形成了全县性的反对国民党当局无理开除县立中学进步学生的罢课行动。中山学生的罢课斗争得到了广东革命政府和中山的工农进步人士的同情和支持。罢课斗争持续半个多月，县立中学第十六班停课将近一年，虽然不断受到国民党县政府的干涉、破坏、恐吓，但有了共产党组织的领导，有了社会的正义舆论支持，加上进步学生的顽强斗争，终于迫使县政府让步，恢复被开除学生的学籍，撤换校长林苟，开除了压制学生爱国行动的教师何树昌。

罢课斗争的胜利，进一步推动了中山学生运动的蓬勃发展。刘广生、黄健、孙康等恢复学籍后，更加积极领导学生运动，并注意与工农相结合。他们三人都参与了后来卖蔗埔起义的组织工作。1926 年年底，中山县成立中国共产主义青年团中山县委员会，刘广生任书记。黄健后来参加了八路军驻香港情报组澳门联络站工作。孙康在 1936 年重建中共中山组织，先后任支部书记、县工委书记、县委书记。

平定"石岐之乱"，
首任中共中山县委书记亲自带兵

1925 年年底，中共中山支部成立后，组织不断发展壮大，先后建立了低沙、濠涌、张家边、长命水等支部或党小组。1926 年年底，中共中山县委成立，李华炤任县委书记，黎炎孟、刘广生、黄健任委员。县委成立后，进一步加强了组织建设。至 1927 年，中山共有党员 100 多名。

正如毛泽东所说，"革命不是请客吃饭"，不能"那样温良恭俭让"，"革命是暴动，是一个阶级推翻一个阶级的暴烈的行动"，因此，大革命的进展，必然伴随新旧势力之间的剧烈矛盾与冲突。

中山二区有一地方恶势力组织"竞进长生社"，以刘成（谿角人）、方镜如（濠涌人）为首，以各乡游民地痞为骨干，称"二十友"。1926 年 8 月 7 日，《广州民国日报》刊《二十师剿办中山土匪》，称方镜如"专事劫掳奸淫焚掠。该邑良民受其害者，不知凡几，控案累累"。1925 年 8 月，蒋光鼐率部到中山剿匪。10 月 1 日，蔡廷锴统率五连兵力，夤夜由石岐出发，兵分四路进发。拂晓时分，各路军队抵达谿角，擒获匪徒 120 多人。县长黄居素、农民部秘书罗绮园、农民自卫军等，发出由蒋光鼐和黄居素会衔解散"竞进长生社"的布告。[①]

省港大罢工爆发后，香顺（香山、顺德）联军总指挥林警魂、西江第一路总指挥袁带，组织民团 5000 余人，会合"竞进长生社"土匪袭击前山，占领石岐。叛军占领石岐十数天，商铺、民居惨遭劫掠，一名工会会长被枪杀，县总工会、农会等被捣毁。11 月 5 日，

---

① 蒋庆渝：《我的父亲蒋光鼐》，北京：团结出版社，2013 年，第 23—25 页。

李华焙（1902—1928），首任中共中山县委书记

李华焙率领农民自卫军会同广东革命政府派出的 11 个营合力迎敌，取得胜利，收复了被占领的石岐。

当年的斗争形势非常严峻，李华焙要亲自带兵平乱，还亲自按照黄埔军校模式培训"农民模范军"；各乡农军还时有参加战斗。1926 年 8 月 14 日，驻濠涌一带的工人纠察队，在茶园乡九渡桥附近发现走私货船，欲上前检查，被押运私货进港的土匪持枪威胁。队员回队请求支援，但增援人员赶到时，私货已被运送到土匪头子苏十九等开设的信孚公司店（位于南朗榄边）内。15 日早晨，纠察队赶至榄边巡缉，将两名土匪和数十担私货押送到南朗工人纠察队队部。匪首苏十九、吴义和与当地民团勾结，纠集 100 多名匪徒武装包围纠察队。县农会闻讯，即派出数十名农民自卫军前往支援，由早上战至下午 3 时，农军击败了土匪。农军陈度、陆水二人在战斗中牺牲。17 日，土匪再次发起进攻，在工人纠察队和农民自卫军的英勇还击下，匪帮败退至南朗崖口。

为惩罚走私匪帮，支持工人纠察队查缉私货的正义行动，县农会向县政府提出请驻在中山的国民军五十九团一同清剿匪徒。接受了土匪和走私集团贿赂的县政府表面答应，一面派出国民军前往"剿匪"，一面通知匪徒逃避。而国民军五十九团军队开到冲口后，听信当地土豪劣绅、奸商捏造的所谓农军和纠察队洗劫商店、破坏墟场贸易、压迫民团等无理控告，纠集了土匪民团四五百人，冲进濠涌、麻子乡捣毁农会，当场屠杀农民七八人。驻在濠涌的农军只有 60 多人，虽然奋力还击，终因敌众我寡而退守各地。濠涌乡农会会长严庆瑶在战斗中壮烈牺牲。

1927年，中共中山组织开始武装夺取政权的尝试

1927年4月12日，蒋介石在上海发动"四一二"政变。4月15日，国民党反动派在广东力行"清党"，形势急转直下。4月19日，中山县成立工农革命行动委员会，决定全县3000名农民自卫军于4月23日早上在卖蔗埔集中，举行全县性的武装起义。

卖蔗埔位于中山四区牛起湾、齐东、濠头先锋宫交界的山丘地带，离县城只有三公里。山丘的左侧有一座葵棚大厂房，是四区得能都区农会所在地。

4月23日凌晨，由熊晓初、廖桂生带领的四区农军，由柳通带领的五区、六区农军，农民特派员梁九胜带领三区、九区的农军以及七区、八区的农军分别由水路、陆路向牛起湾进发，准备在卖蔗埔会合后，由李华炤、黎炎孟带领进攻石岐。

然而，由于国民军三十九团和国民党县政府事前知悉起义计划而及早防范，起义惨遭挫败。国民军十三师三十九团参谋长周景臻，此前曾多次接受农会的邀请，出兵平息民团的扰乱。起义前，三十九团政治部主任王器民（共产党员）派中尉政治指导员、周景臻的干儿子李其章与周景臻谈判。李其章把起义计划和盘托出，当周景臻听到仅四区、五区的武装农民自卫军就可以动员到1000多人进攻石岐时，颇为震惊。他表面上赞同此行动计划，还向王器民表示同情革命，愿率全团官兵参加起义，与农军并肩战斗，以迷惑王器民等，暗中却进行军事部署，联合县兵及土匪武装星夜出动，伏击农军。23日凌晨，在各路农军未到达集中目的地时，事前驻守在卖蔗埔右侧山冈的四区农军自卫队队长熊晓初、指导员周秀文所带领的100名农军，便被三十九团和县宪兵大队包围，战斗就此打响。

此时，天蒙蒙亮，李华炤带领的农军部分主力、廖桂生率领的张家边农军中队刚到达卖蔗埔便立即投入战斗，在外围奋起还击。在陆续赶到的农军的增援和掩护下，李华炤、熊晓初等带队突出重围，边阻击边向张家边、白企、贝头里一带撤退，其余各路农军得此情况而退回原地，后化整为零，转入分散隐蔽活动。

战斗持续两个小时，农军伤亡数十人，四区农军中队长廖桂生突围时英勇牺牲。熊晓初也当场被捕，幸而被随县宪兵大队到战场的郭应彪认出，经郭向队长求情，得以幸免一死。

在石岐城内，22日深夜，由冯光率领的工人自卫军已枕戈待旦，工人武装集结队指挥员为王予一、李斌。海员工人组成江防突击队，守备海口、码头以控制船只，阻击外来援军。茶楼工人组成手榴弹队，绸缎和车衣工人组成手枪队，联合袭击敌人的指挥部以作内应。可一直等到天亮仍未闻枪声，于是黄健带着李素到江南酒店三十九团团部一探究竟。黄健一进入三十九团团部即遭逮捕，在门外等候的李素见势不妙，马上折回通知众人迅速撤离。留守县农会的韦健于当晚到三十九团团部找王器民时，与其一同被周景臻拘留。该团全部政工人员同时被扣留。

李其章被扣押后即变节，成为可耻的叛徒。周景臻将韦健、王器民及三十九团指导员黄萧（中共党员）、彭培亮，团主力指导员李梦花等12人星夜押解江门十三师部。王器民、韦健遭杀害，其余人员陆续获释。黄健、熊晓初被转解至南海公署国民党中央政治会议广东分会拘禁，到广州起义时始得逃脱；四区农协委员长廖富辰于起义后被杀害；于卖蔗埔起义被捕的县农会的何一戎夫妇、苏兆良（苏兆征之弟）、刘广生等，后经中共组织努力营救才被释放。

卖蔗埔起义是处在幼年时期的中共中山组织首次领导的武装起义，当时虽然广州已发生"四一五"反革命政变，但国共合作在中山仍未彻底破裂。国民党的"清党"行动在中山仍未正式公开，因而中共中山组织未能看清国民军三十九团参谋长周景臻等的真面目，在卖蔗埔起义中过分相信其作用，还邀请他的亲信参加会议。这不仅暴露了整个行动计划和武装力量的部署，直接导致起义失败，而且把中共组织的领导、骨干力量完全暴露给敌人，给后来的革命活动造成被动牵制的局面。

此外，农军没有受过严格的军事训练，实战经验不足，所配备的武器都是落后陈旧的，且队伍分散在全县各区

卖蔗埔起义遗址

的乡、村，在水陆交通极为不便的情况下，要在短时间内进行大规模的军事调动，把零星分散的兵源会合到一个地方统一行动，难度十分大。

然而，卖蔗埔起义是中共中山组织在领导工农革命运动中，用武装斗争夺取政权的尝试，是中山人民在中国共产党的领导下，拿起枪杆子，敢于武装反抗反动势力的开端。起义发生在"四一二"政变后的第十天，距"四一五"反革命政变不过一周，在全省乃至全国较早树起了武装反抗国民党反动派的旗帜。从4月19日作出举行武装起义的决定，到4月23日领导武装起义，仅五天便在全县组织3000多名工农自卫军，行动、组织之迅捷，涉及范围之广，足以震慑国民党当局。起义失败了，但它为中共中山组织探索武装夺取政权的道路提供了宝贵经验和教训。

这批革命先驱不畏白色恐怖，坚持斗争

卖蔗埔起义失败的第二天，国民党中山当局即派县宪兵到四区、小榄等地围剿农会。随后，国民党广东省党部派"清党"委员郑鸣郑到中山抓"清党"工作。刘广生、黄健等 36 人被通缉，中山革命活动由高潮转入低潮。

面对严峻的形势，部分党员转移到外地进行隐蔽活动。黎炎孟、刘广生、林岳昆等暂避澳门，黎奋生、柳通等在茅湾隐蔽，孙康、马庚庵等转移八区，李华炤、梁伟民等转移到九区一带坚持活动。

"四一五"广东反革命政变发生后，中共广东区委暂时撤离广州，迁驻香港薄扶林道。区委委员杨殷撤到香港后，负责安排撤退到香港的党员和工运骨干。其时，中共组织派黎炎孟到香港负责联络工作。1927 年 5 月，中共广东特委成立，杨殷负责肃反工作，机关设于澳门。黎炎孟、陆侠云夫妇随后也转到澳门。中共广东特委委员阮啸仙、杨殷和候补委员罗绮园等时常到那里碰头。不久，省农会的萧一平亦派驻澳门，负责联络中山、顺德两县的工作。其间，黎炎孟经常往翠亨、前山、三乡、唐家等地找隐蔽在当地的农运骨干分子商讨工作，张贴宣传标语。李华炤则往返于澳门与九区，与原驻九区的中央农运特派员梁伟民、梁坤（又名梁仕坤）、梁九，以及九区农会领导人梁健荣等共产党员继续进行革命活动。

黎炎孟（1903—1928），中山农民运动领袖

1927 年 8 月 7 日，中共中央在汉口召开紧急会议（简称"八七会议"）。会议决定在湖南、湖北、江西、广东四省举行秋收起义。中共中山组织根据中央和中共广东省委的指示，在隐蔽中积极筹划秋收起义。同年秋，受中共广东省委常委、农委书记阮啸仙委派，刘广生从澳门返回中山发动秋收起义。刘广生回到家乡龙眼树涌村后，召开党员、团员和革命积极分子代表会议，决定在树涌村举行小暴动，打击土豪劣绅，以影响和引导其他地区的人民群众积极起来反抗国民党的反动统治和压迫。

龙眼树涌村地主刘国年（花名"猫儿七"）等，眼看村中农会力量日益壮大，恐对己不利，便暗使毒计，企图乘农会宣传员刘伟棠、刘达行不备之机，派人暗杀他们。阴谋败露后，刘广生等组织会员骨干捉拿刘国年。刘国年闻讯逃走，并到中山县长兼民团总团长梁鸿洸处告状，诬告树涌农会造反。于是，梁鸿洸下令县兵大队及县民团出动几百人围攻树涌村。农会自卫队队长刘华安不幸牺牲。

此事激起群众的义愤，县民团撤出后，刘广生即与众人商定，组织本村农军四五十人攻打刘国年等土豪劣绅，以示警告。国民党当局即下令通缉刘广生等，并派兵追捕农会骨干。刘广生逃脱搜捕转往三乡，路过一山村时，村里恰好发生耕牛失窃事件。村人误认他为偷牛嫌疑犯，将其抓住并押送到三乡乡公所。后来在中山县警察局审理时，刘广生的身份被人识破，后壮烈牺牲。同一事件被捕杀害的还有共产党员刘华安、刘炳禧，树涌乡农会主席刘庭芳，以及刘连安、刘伟堂、刘开业六人。

1928 年 1 月 4 日，李华炤从中山三角到番禺新造乡约同黎炎孟前往澳门，拟向驻港澳的领导同志汇报和请示工作。由于叛徒出卖，李华炤、黎炎孟在澳门一旅店住宿时被国民党密探劫持回石岐。国民党县当局用尽严刑，威逼利诱，县长梁鸿洸还亲自出马审讯。面对敌人的威逼利诱和严刑拷打，两人始终岿然不动，对党组织情况守口如瓶。国民党当局无计可施，决定将他们杀害。1 月 12 日，在押赴刑场途中，两人大义凛然，慷慨激昂，放声高唱《国际歌》，高呼"打倒反动统治""打倒土豪劣绅""中国工农万岁""共产党万岁"等口号，表现了共产党员大无畏的英雄气概。

李华炤、黎炎孟、刘广生的牺牲，是中共中山组织的重大损失。由于中山组织的主要领导人遭到杀害，全县的中共组织受到严重的破坏。1928年年初，除九区的中共组织和群众团体有所活动外，其余地区基本上停止了活动。

革命低潮时期，中山九区人民坚持艰苦斗争

1910年，香山县黄旗都改称香山县第九区，下辖大黄圃、小黄圃、阜沙、三角、民众、浪网等乡，大致包括今黄圃、阜沙、南头、三角、民众等镇及顺德、番禺部分地区。九区是当时中山县最大的区域，是珠江三角洲农耕商贸的富庶之区，人口约15万，仅沙田耕地就有4600余顷，有中山"谷仓"之美誉。加上九区距离省城广州较近，交通相对发达，国共两党皆视九区为必争之地。早在1923年，中共广东区委派专人到九区进行革命宣传，指导开展青年运动。1924年8月中旬，广东省省长廖仲恺、国民党中央组织部部长谭平山一行赴香山九区大黄圃，出席九区民团成立大会，视察农民运动情况。

1928年2—3月，为了加强中共中山组织的领导力量，中共广东省委先后派特派员周松腾、李冠南到九区帮助健全县委的组织机构，由梁坤任县委书记。县委地下活动联络地点设在九区低沙。县委利用农民的原始组织，开展抗捐税斗争和加强农民自卫队的训练。半年内，九区的中共组织建立了14个支部，全县有140多名党员，党的力量得到恢复。县委在抓好党建的同时，通过党员的活动去宣传发动群众，利用"护耕会""红业堂"等灰色组织作掩护，把农民群众组织起来，同国民党反动派和地主恶霸作斗争。

党在九区领导群众进行的一系列革命活动，引起了国民党县当局的注意，他们随即派驻中山国民军五十九团进驻黄圃墟，使得党的隐蔽活动更加困难。为了便于活动，区委决定由大革命时期任九区农会会长的陈华在黄圃新地开设茧种店作掩护，负责收转省委来往信件。不久，国民党九区当局察觉此事，于1928年冬出动军队包围小店，在信箱里搜出一封省委寄给中山特别区委的信。陈华当即被捕并押解到团部。敌人对他严刑毒打，逼供信件的来龙去脉，

但陈华始终没有暴露组织的秘密。当局派出的军队在陈华处无从入手，转而威逼陈华的妻子，从中得知信件是由低沙派人来取的，即往低沙搜捕。幸而在低沙的党员早已探知敌人的举动，把所有文件都作了收藏和处理。梁坤、梁健荣等先后转移到顺德桂洲隐蔽，周松腾也转移到别地去了。国民党九区当局对低沙的搜查扑了个空，便强行向陈华家属勒索 1000 银元。陈家到处筹钱，好不容易才凑齐款项，使陈华获释。

1929 年 2—3 月，国民党陈章甫部队调离九区后，中共中山特别区委负责人梁坤、梁健荣、梁伟民、罗若愚等陆续回到九区活动。同年夏，中共广东省委派李冠南到中山恢复重建中共中山县委。县委恢复活动后，即领导在九区活动的党员利用关帝会、关义会等组织农民开展抗租、抗捐、抗税的斗争。

1931 年 1 月初，中共中山县委书记李冠南带冯连枝到香港参加学习。14 日，二人在招待所被国民党特务拘捕，并作为政治犯押解至广州。敌人在李冠南身上搜出一份《中山县党的政治报告》文件，便通过严刑毒打，强迫他说出中共中山组织的情况。李冠南不屈不挠，最后被国民党杀害。冯连枝因反动派找不到他是共产党员的证据，被判入狱两年，后得村中父老联名保释。

由于敌人接二连三的破坏，1933—1935 年，中山的革命活动完全处于低潮状态，大部分党员转移到香港、澳门和南洋一带，只有少数党员继续隐蔽在边远的沙田区，以教师、农民等身份坚持活动。1932 年年底，九区中共党员利用国民党当局实施乡政建设之机，发动广大群众选举中共党员为乡长。陈军凯、梁富茂、罗若愚、吴天文分别被选为抱沙乡、大有乡、石军乡、对甫乡乡长，罗若愚、陈华、何明庵被选

李冠南（1902—1931）

为九区副区长。1933年夏，下九区（现民众、三角）势力最强大的土匪梁梳为扩大地盘，纠集140多名武装匪徒，分两路进犯阜墟。九区的中共党员发动群众进行抗击，战斗持续一个多小时。梁梳见势不妙，溃退回下九区，从此再也不敢到九区作恶。

抗日战争时期
中山红色故事

"一二·九"运动爆发，
这群中山学生掀起救亡热潮

1931 年 9 月 18 日夜 10 时 20 分，日本关东军悍然进攻沈阳北大营中国驻军。九一八事变发生后仅四日，日本帝国主义便侵占了中国东三省。

消息传至中山，学生、教师纷纷走出校门，走上街头，积极宣传抗日救亡。中山乡村师范学校学生林天任、谭则刚、袁世根等发起成立 A.B.C 学术研讨会，组织同学阅读进步书籍、报刊。袁世根、谭则刚等同学组成抗日宣传队，在三区和附近的江门、台山、新会等地开展抗日宣传。二区隆都村立小学校长梁尚川自编《讨日檄文》作为教材，供学生朗读。中山县立女子中学校长萧悔尘成立救国分会，发动本校教职员为抗日捐款。大革命时期加入中国共产党的孙康接管沙边小学后，即大力推行抗日救国教育，教育学生认识日本帝国主义者的侵略本质，认清自己的责任，奋起救亡。每逢节日游行，孙康便组织学生沿途高歌抗日救亡歌曲，旨在唤醒群众，振奋群众的救国热情。他还在沙边学校内推行小先生制①。在高年级学生中培养小先生，让小先生参与附设在学校内的平民夜校的扫盲工作，教学内容大都与抗日救亡有关。

1935 年，日本得寸进尺，策划所谓"华北五省防共自治运动"，妄图把华北变成第二个伪满洲国。12 月 9 日，在中共北平地下党的领导下，数千名学生会集在新华门前，向当局请愿"停止内战，一致抗日"。手无寸铁的学生遭到国民党军警的大刀、木棍、水龙等袭击，数百人受伤，30 多人被捕。

---

① 即街坊夜校，农村备战教育的一种形式，旨在扫除文盲，宣传救国道理。七七事变后转上战时教育，曾受中山县教育局传令嘉奖。

四区民众剧社上街、下乡宣传演出《放下你的鞭子》等抗日救亡节目，激起群众的抗日情绪

黄木芬（前左二）与纪中同学一道宣传抗日救亡

　　"一二·九"运动的影响很快席卷全国。中山县立中学、县立女子师范学校、纪念中学（简称"纪中"）等学校的进步学生、教师，通过《世界知识》《北斗》及邹韬奋主编的《生活》《永生》等进步刊物，更新对局势的认识，带动更多师生抗日救国。张振瑜在石岐太平路开办现代书店，出售有关马列主义理论和抗日救亡的书籍。艾思奇的《大众哲学》、陈维实的《新哲学体系讲话》、李达的《政治经济学》、列昂捷也夫的《政治经济学基础教程》（胡明译）等，曾对青年学生中扩大马克思列宁主义和中国共产党的政治影响起到启蒙作用，也为抗日战争全面爆发后中山青年积极参加战斗打下了思想基础。

　　1935年，在广州求学的八区青年邝明回到家乡斗门创办健民小学。翌年，邝任生也到此校任教，后任校长。两人利用健民小学作为阵地，秘密成立"小濠涌青年社"（后改名"八区青年社"），编印《青年月刊》（后改名《八区青年》），组织进步青年研读《资本论》《读书生活》等进步书刊，使该校成为斗门青年活动的中心。

　　在大布小学当校长的中共党员孙一之（孙辕生）物色了桂山小学的进步青年黄石生，将桂山小学打造为共产党在三乡墟仔的一个重要活动据点。孙一之和陈嘶马等在桂山学校成立五区上游谷镇教师联合会，100多名教师加入这个团体。中共组织以该团体名义，多次举办了声势浩大的火炬巡行大会，喊出了全民要求抗日救亡的心声。随后，五区谷镇教师联合会成立了谷镇文化界救亡工作团，组织歌咏队、话剧队等，到城镇乡村演出《烙印》《雷雨》《放下你的鞭子》等剧目，激励群众联合起来抗日救国。会员中如桂山小学的黄石生、杨子江、蔡雄，大布学校的曾谷、郑少康①等，都是由此逐步走进革命的大门，成为后来中山地方党组织得力的革命骨干。

1936年间，在中共组织的领导下，纪中学生联同县内其他学校成立"中山县学和援绥联合会"，开展抗日宣传。纪中的学生从翠亨步行到石岐示威游行，抗议蒋介石对抗日部队的压制，支援傅作义、马占山等抵抗日军的正义行动。县立中学的进步学生在阮洪川的带领下，也派出队伍游行示威，发表慷慨激昂的抗日救亡演讲。面对声势浩大的学潮，当局害怕了，出动警察压制学生的爱国行动。杨日韶、唐涤生等十多名学生被拘留，个别学生被开除。中共中山组织积极组织营救，通过安排记者采访学生，利用报纸申诉被无理逮捕的事实，揭露校方的罪行；发动中山县各中等学校开展声援纪中的学潮。黄木芬等同学通过绝食斗争，争取到社会的同情。经过一个月的斗争，在社会各阶层的强烈抗议下，10月31日，县当局不得不撤掉不准学生开展抗日救亡活动的杨国荃纪中校长的职务，将黄木芬等被捕同学全部无条件释放。

"一二·九"运动以来，中共中山组织通过一系列宣传活动，唤醒各阶层人士的抗日救亡意识，"停止内战，一致抗日"的主张得到大多数群众的拥护。抗战前夕，不少乡村成立了抗日支前的群众组织，如八区组织的群众抗敌御侮后援会就有2000多名年轻人参加。这为后来中共组织领导全县人民投入抗日救国的民族革命斗争，从思想上和组织上都作了充分的准备。

---

① 郑少康（1918—2015），1936年加入中国共产党，抗战时期任中共中山五区区委书记、中共中山八区区委书记、珠江纵队第二支队支队长、两广纵队团政委。1949年10月28日，率领两广纵队第一师第一团先锋营300多人抵达石岐，于同月30日与中国人民解放军粤赣湘边纵队中山独立团胜利会师，宣告中山解放。

孙康历尽艰辛找组织

中共中山组织自 1932 年被严重破坏后，除边远的八区、九区有个别党员活动，全县范围内基本上停止了活动。其时，除了少数党员在本县隐蔽继续活动外，多数党员被迫外出到南美、南洋，以及港澳等地，孙康便是其中一人。

孙康（1906—1996），广东省香山县东镇沙边村（今属中山市火炬开发区）人，1927 年年初加入中国共产党，1928 年年底转往南洋从事革命工作，1933 年年初因从事革命活动被新加坡当局驱逐出境，与党组织失去联系。

1933 年年初，孙康回到家乡沙边。沙边小学校长孙子静思想开明，对孙康这类青年怀有好感，不顾当时仍处于白色恐怖统治下的险恶环境，毅然聘请孙康为教师，使孙康得以在沙边小学立足。孙康一边教书，一边通过学世界语、学新文字、演话剧、搞体育活动等形式开展校际活动，宣传抗日救亡和寻找组织。大布小学校长的孙一之也是沙边人，曾捐出一大笔款项建新校舍，在三乡一带具有较高威望。孙康通过学习世界语和拉丁语与孙一之交往。之后，孙一之在三乡育贤中学集合了较进步的六七名中学生成立学习世界语小组，联络五区内倾向进步的教师进行革命宣传活动。孙康、孙一之等还在上海出版的世界语学会会刊刊登访友启事，希望能够从中找到自己的同路人。

1936 年年初，经曾谷介绍，孙康加入由中共党员王均予在广州组织的中国青年同盟广州分盟。随后，孙康回到沙边发展已失散组织关系的党员和进步青年陈嘶马、孙晖如（李国霖）、马庚庵、张鹏光、孙继普、梁泳等十多人参加中国青年同盟，同年 5 月，在沙边成立了中国青年同盟中山支部（同年年底转为中国青年同盟中山

特支），孙康任支部书记。不久，孙一之、
谭桂明（中山县立乡村师范学校学生）、
陈纬(纪念中学学生)等加入中国青年同盟。
同年秋，孙康转到石岐县立二小任教后，
活动范围比以前更广泛。通过校际活动，
团结发展了一批进步青年，教师学生如郑
少康、叶向荣、欧晴宇、缪雨天等加入中
国青年同盟。各盟员通过办夜校、组织话
剧团、出版乡报向华侨通报家乡消息等，

孙康，中山沙边村人，中共
中山县委重建后首任书记

向群众宣传中国共产党的抗日救国纲领，为联合各阶级人士共同抗日起到积极作用，也为中共中山组织的恢
复打下了基础。

1936 年，恢复了组织关系的邝任生介绍邝叔明、邝振大加入中
国共产党，并在小濠涌成立了八区的第一个党支部，邝任生任支部
书记。从此，八区青年及民众的抗日救国运动有了党的领导。不久，
斗门墟成立"工友会"，以维护工人利益、抵制日货为宗旨。"工友会"
设点售进步图书、报刊，对宣传抗日救国，唤起群众起了积极作用。
在斗门青年邝明等多方营救下，刘志远、区梦觉[①]等十多名被捕党
员获保释出狱。

1936 年夏，广东军阀陈济棠倒台，蒋介石嫡系势力进入广东，
广东出现余汉谋、吴铁城、曾养甫三派矛盾的斗争局面。抗日群众
救亡运动的日益高涨和国民党统治阶级内部互相倾轧，为广东各地
中共组织的恢复发展提供了极有利的条件。

为恢复南方中共组织，1936 年，中共北方局派遣薛尚实南下，
着手进行以广东为主的南方党组织的恢复和重建工作。9 月，薛尚实、
饶彰风、莫西凡等在香港成立中共南方临时工作委员会（简称"南
临委"）。孙康在香港与吴有恒取得联系，后经南临委批准恢复组

① 区梦觉（1906—1992），女，广东南海人。1926 年加入中国共产党。
曾任广东妇女解放协会主任，中共广东区委委员，广东省委秘书科长、
妇女部长等，曾参加中共五大和七大。解放战争时期任中共松江省委妇女
部长，佳木斯市委书记，全国民主妇女联合会秘书长等职务。

中共中山县委委员（1937—1939）

孙 康　　孙晖如　　梁奇达　　邝任生

徐 云　　叶向荣　　梁绮卿　　黄峰

中共中山县委委员（1937—1939），上排左起孙康、孙晖如、梁奇达、邝任生，下排左起徐云、叶向荣、梁绮卿、黄峰

织关系。返回中山后，孙康把中国青年同盟中山特支中的 16 名积极分子吸收入党。10 月，中共中山县支部在沙边小学成立，书记孙康，组织委员孙晖如（李国霖），宣传委员陈嘶马，文教委员孙一之。

中共中山支部恢复建立后即着手抓好党的建设，积极发展党员。随着党员的增多，沙边建立了中共中山县特别支部，书记孙康，组织委员陈嘶马，宣传委员孙一之。五区的孙一之在大布发展了郑少康、郑世雄等一批党员，成立了中共大布乡支部。陈嘶马以鸦岗学校为阵地，吸收叶向荣、谭家法、梁淑尧（又名梁茶）三人入党，建立鸦岗乡中共支部，陈嘶马任书记。1937 年年初，陈嘶马奉命调去开辟新区工作，鸦岗党支部书记改由叶向荣担任。陈嘶马到一区后，发展陈竟成等入党，建立了中共渡头小学支部。纪念中学也组建了党支部。

至 1937 年年初，中山发展中共党员近 30 人，于是，在石岐成立中共中山县工作委员会（以下简称为"县工委"）。县工委隶属中共广州外县工作委员会，书记孙康，组织委员孙晖如，宣传委员孙一之。同年 8 月，经中共广州市外县工作委员会批准，中共中山县委员会在石岐成立，书记孙康，副书记孙晖如。

七七事变后，
中山群众抗日救亡运动蓬勃发展

1937年7月7日，日军在北平卢沟桥向中国驻军发起进攻。中国守军奋起抵抗，抗日战争全面爆发。7月8日，中共中央发出通电，号召"全中国同胞、政府与军队团结起来，筑成民族统一战线的坚固长城，抵抗日寇的侵略"。

随着日军侵略步伐加快，战火很快蔓延至中山。1937年8月9日，日军侵占中山七区荷包岛。是为日军侵犯中山县境之始。10月，日军侵占七区高栏岛。

面对日军的野蛮行径，中山人民奋起反抗。1938年2月6日，六七百名日军在炮舰、飞机的掩护下，分别向中山淇澳岛、唐家、企人石进犯，遭到中山军民的抵抗。中山县县长兼第三游击区司令张惠长坐镇唐家指挥作战，石岐的中西医救护队、童军工作团等亦分别赴前线开展战地后方工作。下午2时，日军舰艇全部退返伶仃洋面。同日，坚守在洪湾涌口的守军与来犯之敌激战近六小时，将敌打退。而进犯淇澳岛一路的200多名日军在飞机、大炮的掩护下强行登岛。日军登陆后，杀害岛上青年数十人，烧毁民房店铺260多间，至下午退走。

2月16日，日军侵占三灶岛，随即在岛的南部修建飞机场，妄图把三灶作为侵略华南的桥头堡。驻兵最多时达6000余人。飞机场修建完毕，日军将抓来的3000名民工全部杀害，不甘屈辱的三灶人民勇敢拿起武器与日军抗争。4月11日，三灶自卫团大队副队长吴发率34人，分乘扒艇两艘，潜回三灶岛鱼堂定家湾袭击驻盘古庙敌营，毙敌20多人，缴获机枪1挺、步枪4支、短枪2支、指挥刀 1 柄及军用物资一批①。作为报复，岛上日军在三灶实行焦土政策，短短五天内竟杀害岛内居民近 3000 人。

日军的罪恶行径激起了中山群众的无比愤慨，街头巷尾，乃至"小贩、车夫，都在切齿地谈着敌人的残暴"。5 月 4 日，中山7000 余名学生举行纪念"五四"化装大巡行。石岐城区群众的抗日情绪高涨。可就在当天傍晚 5 时 30 分，城内响起警报，正在吃晚饭的群众不及走避，"敌机的机枪响了，炸弹响了！"这是日军飞机在中山县城的第一次空袭，造成 60 多人死伤。

正面抵抗日军侵略的同时，中山县内群众性的救亡运动一浪高于一浪。中山话剧协会、石岐小学教师战时服务团、县立中学中中别动队，各区、乡的抗敌后援会、战时服务队、大刀队、自卫队、救护队等群众组织如雨后春笋般遍及城乡。这些抗日救亡团体活跃在中山各地，以集会游行、宣传演讲、筹款募捐、演街头剧、出壁报等形式宣传抗日救国，支援前方将士守土杀敌。

七七事变第二天，二区中共党员缪雨天、杨子江在永厚、申明亭组织青年学生杨少希、缪菁等组成"七八剧社"。社员走上街头表演抗日话剧、歌剧，宣传活动遍及豁角、象角、龙聚环、横栏等村庄。随后，杨子江、黄石生、缪雨天等以"七八剧社"为基础，成立二区青年抗日救亡工作队（以下简称为"区青"），队长杨希吾，副队长杨子江。又派队员缪洛莎到申明亭乡校，发动教师、高年级学生，组织申明亭乡抗日救亡工作团。在区青的统一领导下，二区组成救护队、宣传队、壮丁队。

在石岐，中共中山县委（1937 年 8 月重建）创办机关刊物《别动队》（半月刊），在发刊词中，开宗明义地阐明"国家兴亡，匹夫有责，国难当头，坚决抗战"的宗旨。县委书记孙康组织以青年教师为主的中山话剧协社，演出《卢沟桥》《回春之曲》等抗战话剧，还亲自撰写抗战文章，在一区和四区的乡报中发表，号召"一百万中山同胞起来，为保卫乡土、保卫国家民族而斗争"。县立中学的

---

① 吴发因此得到省、县政府和第四战区司令长官通令嘉奖，升任中山民众抗日自卫团第七区中队队长，勉励所属官兵努力杀敌。

阮洪川、杨栢昌、孙正川、郭静之等团结了一批有演剧兴趣的同学，在石岐及近郊开展抗日宣传演出。1938年3月初，县立中学中中别动队加入广东青年抗日先锋队。中共石岐小学教师支部的共产党员，如县中附小的孙继普，县

二区青年抗日救亡工作队队部旧址

立一小的张鹏光、叶向荣（蔚文），县立三小学的郑振、何玉伦等，团结石岐的一批小学教师成立"小学教师战时服务团"，由张鹏光任团长，对学生开展"反对日帝侵略，誓死保卫中华"的教育，并以话剧、活报剧、演讲等街头宣传形式向广大群众进行抗日宣传。

在四区，南朗女青年程志坚、方群英发出"宁愿断头颅，不当亡国奴"的呼号，组成"妇女抗日救亡工作团"。崖口乡的中共党员谭桂明等发起组成"崖口乡抗日救亡工作团"，积极宣传抗日，募款支援前方。

在八区，邝任生、邝叔明等中共党员组织"民众抗敌御侮后援会"，发动师生开展以抗日救亡为主题的军事野营活动，还在小濠涌、南山等组织抗日大刀队。邝叔明、邝振大带领"抗日救亡演讲训练班"学员在八区向广大群众演出《东北人民的惨状》《中国人民一定能胜利》《血洒卢沟桥》等抗战话剧，推动了抗日救亡运动的发展。

在五区，平岚、乌石、桥头等乡的学校联合成立青年抗敌同志会，于1937年中秋节发动域内饼店举行义卖，募捐筹款支援前线。1938年春，中共五区区委发起组织谷镇区文化界救亡工作团，编演抗日救亡戏剧，到山区及沿海地区宣传抗日；组织成立大刀队、晨呼队等，开展军事训练、战地救护训练。

驻防中山的第四路军独立第九旅官兵在抗日洪流的推动下，在

岐关路东西两线、沿海重点地段和石岐城关要隘的各防区附近的高地、土坡上挖了许多堑壕、交通壕、射击掩体、防空体，准备在中山土地上与日本侵略者决一死战。第九旅的爆破技术员王若天（中共党员）等还举办爆破技术训练班，培训中山守军团队、抗日团体有关人员学习地雷、水雷等爆破技术。

不少在广州读书的中山籍大中学生也纷纷回乡开展抗日宣传。如在广雅中学、广东省立第一女子中学等校就读的欧初、周增源、冯彬、余珍、余慧等组成战社，利用寒假回石岐、沙溪的时机，演唱救亡歌曲，演出抗日话剧，向群众宣传抗日。谭则敏、古寿珠、郭旷良等回小榄下基小学办战时夜校，招收失学青少年进行战时教育，并联络青年教师和战地服务回来的社会知识青年50多人组成中山三区青年抗日救国会。

全国抗日战争爆发，这批中山人奔赴延安 [①]

抗日战争时期，中国共产党高举团结抗战的大旗，主张建立最广泛的抗日民族统一战线，在延安建立民主、廉洁的政权，实行尊重知识分子、吸收知识分子的政策，使得延安犹如一块巨大的磁石，强烈地吸引众多热血青年"朝圣"般地从四面涌来。在烽火连天的抗日战争时期，"到延安去"曾作为响彻云霄的口号，激励着广大热血青年。

中山距离延安约 1600 公里，在交通不便的 80 年前，到延安去可谓一路千山万水，危险重重。1938 年 10 月，广州、武汉失守后，北上奔赴延安的道路变得更为艰难，但丝毫不能阻挡青年到延安去的热情。他们或受党组织委派而去，或受进步思想和抗日洪流的鼓舞自行前去。有的最终到达目的地，有的则由于战局变化等各种原因未能抵达延安，而是半途加入新四军、八路军等革命部队，或进入抗日军政大学各分校就读，或以其他方式参与抗战。他们殊途同归，以中山有志青年的名义，在中国抗战史上写下浓墨重彩的一笔。

赴延安的中山青年中，以最直接的方式实现抗日宏志的，无疑是踏上战场、扛枪杀敌的那部分，刘舒、方少穆、何镇浪、谭则敏是他们中的佼佼者。东区齐东村青年刘舒，1917 年出生于一个华侨家庭，1933 年秋考入中山县立中学，开始接触进步思想，1936 年考入广州知用中学就读高中。在广州，他目睹日舰水兵横行霸道，爱国主义精神得到进一步激发。他结识了一批进步青年，经常参加"读书会"，研读进步读物。1937 年 9 月，他与就读广雅中学的中山青年黄峰等 9 人共赴陕北"学打游击"。是年冬天，他们抵达延安，

[①] 本文参考林伟桦：《奔赴延安——记抗战期间北上抗日的中山籍青年》，《红广角》2015 年第 1 期。

041

挺起钢铁的脊梁
大革命及抗战时期中山红色故事

"成为第一批到达延安的中山人"。

随后，刘舒被分配到陕北公学第八队学习。陕北公学校长是成仿吾，副校长是李维汉。他与聂荣臻的弟弟同班，主要学习游击战术、统一战线和群众工作，聆听过毛泽东、周恩来、张闻天、陈云、何凯丰、任弼时、李富春等领导授课。1938年3月毕业后，作为从600名学员中被精心挑选出来的30名学员之一，他被送去中国人民抗日军政大学（以下简称"抗大"）继续深造，编入第三期第三大队（知识青年大队）。同年5月底，抗大第三期学员毕业后，遂奔赴山东敌后战场。他们离开延安，东渡黄河，入山西，经河北，长途跋涉1000多公里，最终到达山东沂蒙山区。此后，刘舒历经大大小小的截击、伏击、爆破等战斗，在1939年一次保卫沂蒙山区人民的反扫荡战斗中不幸牺牲，是为数不多的北上抗日而牺牲的华侨子弟。

沙溪濠冲籍青年方少穆则在踏上战场接受战争洗礼后，逐步成长为高级将领。方少穆出生于1915年，1932年考入广雅中学，受进步思想熏陶，参加学校的"救亡歌咏团"等活动，还聆听过叶剑英到校发表的抗战救国演讲。1938年夏，他毅然离开学校奔赴延安，历经土匪洗劫、反动派阻挠和饥寒交迫的考验后，终于到达延安，进入抗大一大队学习，并在此光荣加入中国共产党。1939年4月下旬他从抗大提前毕业后，被派往四望山参加开辟抗日根据地的斗争。四望山地处信阳、应山、罗山三县交界处，是抗战初期新四军第五师前身挺进支队的驻地，也是豫鄂边区的交通咽喉。在豫鄂边区，方少穆随部队多次与敌顽强作战，其中1940年春、夏，该部两次痛击日军，毙敌8人，生俘19人，缴获枪支20多支。

小榄的何镇浪是另一位北上后既进入抗大学习，毕业后又奔赴战场的中山青年。不过他最终抵达的是山西太行山区，而非延安。他进入晋东南抗日军政大学第一分校学习，时间是1938年年底。抵达抗大分校前，他与另外两名中山籍青年历经香港、湛江、广西、贵州、重庆、四川、西安、河南等省市，过潼关、渡黄河、经垣曲、登太行山，走过了堪比长征的艰苦征程。1939年9月，何镇浪毕业后被分配到部队，从此与军旅结缘。他曾参加1941年著名的太行山黄烟洞保卫战。此役中，我军与敌军血战八昼夜，成功保护了一个较大的兵工厂。战斗中，他与另一名战友李庄（新中国成立后曾任《人民日报》总编辑）被敌人追击，从悬崖上跳下，正好落在一大堆干草上才幸免于难。抗战胜利后，何镇浪继续南征北战，后又参加抗美援朝战争，参加了金城反击战，1959年入藏平乱。戎马一生，他四次负伤，屡立战功，后担任信阳陆军学校政委，离休后在广州定居。

谭则敏，中山三区人，1935年秋在中山大学就读，1937年9月在广州参与了一段时期的抗战工作后回小榄，任教于下基小学，同年10月参与组织成立"中山三区青年抗日救国会"（以下简称"青抗会"）。青抗会成员50多名，大多为三区的知识青年，成立后开展了一系列宣传抗日活动。1938年10月后，在抗日形势的发展与革命思潮的影响下，青抗会部分成员毅然北上，寻找更为广阔的抗日战场，其中有谭则敏、古寿珠、郭旷良、李琼儿等。由于战局变化，他们没能如愿到达延安，起先在陶铸领导下的鄂豫边区抗敌委员会参加战地服务。稍迟一些，谭则敏到西安加入了八路军，奔赴抗日战场。解放战争胜利时，谭则敏参与了北平、南京、重庆等重要城市的接管工作。

如果说奔赴祖国各地战场的中山青年的轨迹是辐射，另一批的轨迹则是聚焦。他们中有从广州赴延安的黄峰，也有中山地方党组织选派到延安学习的邝健玲、邝叔明、徐瑞、林启琛、林奕保等。这批青年从延安学到了抗日的本领，返乡后将所学所得发扬光大，对珠三角敌后抗战起到了特殊作用。

黄峰于1937年9月与刘舒等一同去延安。当时黄峰在广雅中学就读，受形势与进步思想影响，与同级的几名同学萌生奔赴延安的想法。刘舒得知后，专程找他要求同行。他们从广州出发，几经波折到达延安，成为第一批到达延安的中山人。与刘舒不同的是，从抗大学成后，黄峰返回中山参加革命。回到家乡不久，他就在中共中山县委指示下以一区抗先队的名义，于1939年年初组织举办

1938年，中山共产党员黄峰从延安带回的《马克思与恩格斯之宣言》（黄峰捐赠，中山市博物馆藏）

了长洲抗日游击干部训练班并担任指导员，负责为学员讲授抗大和陕北公学的一套教学内容，统一战线和游击战术为其重点。这个训练班有学员六七十人，绝大多数结业后成为抗战各条战线的骨干力量。

邝健玲、邝叔明、徐瑞、林启琛、林奕保五人则是由中山八区党组织分批选派，时间在 1938 年 1 月至 5 月，同年 6 月至 7 月先后学成归来，为开展党的地下秘密活动发挥了重要作用。其中，邝叔明 1 月到达延安，中山八区第一个女党员邝健玲则于春天抵达。中共八区区委依托这批青年党员，先后于 1938 年 11 月在小濠冲健民小学和 1939 年 9 月在月坑村举办了两期党员学习班。邝叔明、邝健玲作为主要授课者，为党员学员讲授毛泽东的《论持久战》和《反对自由主义》等文章以及党纪党纲、党在抗日时期的任务、抗日民族统一战线、游击战等课程，大大提高了党员骨干的政治思想水平、纪律性和革命素质，为中山八区的武装斗争作了坚实的人才准备。

还有一大批青年，北上后没有直接成为战场上的作战人员，也没有返回中山投身珠三角敌后战场，他们在战场以外执行党和国家交给的非作战任务，处处精心经营属于他们自己的"战场"，与全国人民一起构成最坚固的民族抗战防线。这个群体人数众多，李凡夫、黄中坚、蔡尚雄、梁松方等是他们当中的杰出代表。

李凡夫（1906—1990），原名郑锡祥，四区濠头（今属中山市火炬开发区）人，1934 年加入中国共产党，1937 年 5 月与胡乔木由上海出发赴延安，是七七事变后最早到达延安的知识分子之一。

到延安不久，在陕甘宁边区接待处和胡乔木被毛泽东接见。李凡夫先后在红军大学、抗大和陕北公学担任教授。编辑《解放》周刊和任红军大学教员时，发表过《日军大规模进犯中国的近因及其前途》和《抗战以来国际形势的检讨》等文章，被公认为名教授之一。

长洲青年黄中坚，原名黄祖雄，其父为当时长洲小学校长黄冷观（黄显成）。黄中坚出生书香门第，曾向名家学习书法，写得一手好字。北上抗日前，黄中坚在香港任教于中华中学，其间接受爱国和进步思想熏陶，读过埃德加·斯诺的《西行漫记》（即《红星照耀中国》），对中国共产党有了初步认识。1938年年底，他与何镇浪共同北上，就读晋东南抗大一分校。由于表现突出，提前被调往民革通讯社任助理编辑，后又调到中共北方局领导下的《华北新华日报》任编辑。《华北新华日报》于1938年由何云创办，是宣传和组织群众、打击日本侵略者和国内投降派、建设太行根据地的一个重要精神武器。1939年7月，黄中坚在太行山南麓抗日根据地壶关县树掌镇芳岱村加入中国共产党。1942年5月，在一次日军对太行根据地进行的残酷扫荡中，黄中坚与何云等40多位新闻工作者在转移时被日军杀害。今天，在山西左权县麻田村有一座太行新闻烈士纪念碑。纪念碑正面由杨尚昆题词"太行新闻烈士永垂不朽"，侧面由陆定一题词"一九四二年五月，华北新华日报社社长何云等四十余位同志壮烈牺牲。烈士们永垂不朽"。碑背面刻有烈士姓名，黄中坚名列其中。

蔡尚雄（1920—2013），张家边一村人。1938年年初，蔡尚雄第一次北上，途经武汉，因陇海铁路被炸，火车不通，遂折返广州候机再行北上。当时战事紧张，日机空袭频繁，旅途危险，父母再三劝蔡尚雄不要北上，但他矢志不移，7月再次北上，历尽艰险，终于安抵目的地延安。蔡尚雄先在抗大学习，1939年到晋察冀抗日根据地工作。1939年夏，中共中央决定将陕北公学、鲁迅艺术学院、延安工人学校、安吴堡战时青年训练班等四校合并，成立华北联合大学，蔡尚雄就读于华北联合大学美术系。1942年毕业后，蔡尚雄到晋察冀画报社工作，任摄影记者。从抗日战争、解放战争到抗美援朝战争，部队打到哪里，蔡尚雄就拍到哪里。他曾亲眼看到被日本侵略者荼毒过的村庄，强忍眼泪对着惨不忍睹的场景一一按下快门；他曾与战士们一起冲锋陷阵，子弹如雨点般在他耳旁呼啸而过；他曾为了买胶卷而遭敌人围追，差点丢掉性命。今天，在大部分记录抗日战争、解放战争和抗美援朝战争的历史影像中，都可见到蔡尚雄的经典摄影作品。

梁松方（1913—2014），张溪人，1932年考入上海交通大学机械工程学院。1937年11月，梁松方与上海交通大学的一名同学从重庆出发到成都，又从成都坐卡车到宝鸡，从宝鸡改乘火车到西安。一路关卡林立，时时受到检查。几经辗转，1938年2月19日，他们终于到达延安。1939年，中央军委军工局陕甘宁边区机器厂受命研发步枪。在自主研发新式步枪的过程中，草图绘制、图纸设计、设备制造、工艺制定、部件加工、产品测试是最关键的六个环节，梁松方主要负责图纸设计、设备制造、部件加工三个环节。梁松方学的是机械专业，主修汽车设计与制造，并无武器设计、加工、制造的经验，因此，他一方面参考军械制造等方面的相关书籍，一方面向曾在太原阎锡山兵工厂做过工的孙云龙请教步枪的基本结构、原理和各部件的性能要求，以及造枪专用设备的样式、作用和工艺标准，在短时间内画出设计图纸。1939年4月25日，步枪研制成功，来不及命名便送往5月1日举办的陕甘宁边区首届工业展览会展出，因而得名"无名氏马步枪"，后来因为口径为7.9毫米，被称为"新七九式步枪"。这支步枪得到了毛泽东的称赞，梁松方获毛泽东题赠"生产战线上的英雄"嘉奖状。

此外，小榄青年何耀椿1939年1月由党在香港的负责人廖承志安排，从香港赴延安，1940年12月抵达，被安排至延安中央印刷厂工作，担任制版部主任，制作过毛泽东和朱德的挂像。谿角乡女青年刘展平于1938年7月从广东省立第一女子师范学校毕业后奔赴延安，在抗大第五大队学习，接受过毛泽东和朱德的接见。朱德曾为其题词："把全中国的妇女发动起来！"1938年12月，从抗大毕业后，她奔赴抗日前线，并光荣地加入中国共产党。

这个会议提早三年多规划
在五桂山开辟根据地

五桂山区是广东省著名的革命老区。抗日战争时期，中国共产党及其领导的抗日武装在此创建抗日根据地，中区纵队、珠江纵队先后在此成立。新中国成立后，经广东省人民政府批准，中山201个村庄被评为革命老区村，其中，五桂山周边的100多个自然村入评，这些村庄如今归属南朗、三乡、神湾、坦洲、板芙和五桂山、东区等镇区。

虽然中山抗日游击大队派出先遣队进入五桂山开辟抗日根据地发生在1942年1月，但早在1938年11月，中共中山县委第一次武装工作会议已提出准备把五桂山作为将来的游击根据地。那时，中山还未沦陷，县委作出这一决定确实是高瞻远瞩。

1941年9月，中共南番中顺中心县委作出"发展中山，经营番禺"的决定，谋求在中山建立较理想的抗日根据地。翌年年初，中共中山县委领导的抗日武装进入五桂山区。5月，中山县抗日游击大队在此成立。部队驻防从石门合水口逐步扩大到贝头里、关塘埔、长江、长命水、石莹桥等村。

选定五桂山作为抗日根

全国抗日战争爆发初期的中共中山县委机关旧址（太原第），县委第一次武装工作会议在此召开

据地，与五桂山的地理位置、地势等分不开。五桂山位于中山县中部，纵横各六七十华里（1华里即0.5千米），远看犹如万顷碧波中的群岛，崛起于珠江三角洲大平原。它的最高峰海拔500余米，峰峦起伏，逶迤绵延。东南、东北与凤凰山、白米山互为倚托，地形险要，利于回旋。五桂山区散布600多个大小村庄，四万多的居民绝大多数是客家人，他们勤劳、勇敢，富有反抗精神。①

基于《论持久战》的战略方针和洛川会议精神，1938年11月，中共中山县委提出"以五桂山作为将来的游击根据地"。是年5月26日至6月3日，毛泽东在延安抗日战争研究会上发表《论持久战》，明确指出，中国不会亡，但是也不能速胜。抗日战争是持久战。将经过敌之战略进攻，我之战略防御；敌之战略保守，我之准备反攻；我之战略反攻，敌之战略退却三个阶段。《论持久战》提出了防御战中的进攻战、持久战中的速决战、内线作战中的外线作战等一整套充满辩证法的战略方针，深刻地分析了战争中的主动性、灵活性、计划性以及运动战、游击战、阵地战、消耗战、歼灭战等诸种作战形式。10月22日广州沦陷，南海、番禺、顺德、三水、佛山、江门等地相继失守，中山处于腹背受敌的危险状态。11月1日，中共中央组织部根据《论持久战》的精神下达指示——在广州及其他被占领区附近进行游击战争，组织游击队，并帮助友军进行游击战争②。同月中旬，中共中山县委在太原第③召开抗日战争时期第一次武装工作会议，参加会议的有全体县委委员和部分区委的负责人。

会议认真学习了中共中央的一系列文件精神，如《抗日救国十大纲领》，国共合作建立抗日民族统一战线和坚持统一战线中的独立自主原则，洛川会议关于在敌后放手发动独立自主的山地游击战争和在国民党统治区放手发动抗日群众运动的决定，毛泽东的《论持久战》等；分析了中山的形势，认为敌人目前还没有大举进攻中山，

---

① 中国抗日战争军事史料丛书编审委员会编：《华南人民抗日游击队·回忆史料2》，北京：解放军出版社，2015年，第238页。
② 中共中央组织部地方党部科：《对广东工作的意见》，1938年11月1日。复制件存广东省档案馆。
③ 位于民生北路256号，是宫花村旅美华侨王棠之公寓。

而中山的统战工作成绩显著；县长张惠长等部分国民党人士倾向抗战，对群众抗日救亡运动较支持。中共中山组织力量逐步壮大，具有准备抗日斗争的干部和骨干。会议确立中山的工作中心是加紧准备武装斗争，准备以五桂山作为将来的游击根据地；提出要为开展抗日武装斗争做准备，决定举办党员和游击干部、青年、妇女训练班，培训开展游击战的干部和骨干，掌握一定的武装，以中中别动队为基础，建立一支县委领导下的人民抗日武装。

　　九区区委在会上提出："三、九区活动的地方团队①正在招兵买马，扩充队伍，声称如有人、枪，可以到他们那里领取番号，我们可趁此机会打入该团队，组织一支抗日武装。"县委从建立抗日武装的目的出发，结合本县抗日救亡群众运动步步高涨的有利形势，认为这是一种既可隐蔽组织又可公开活动和扩大队伍的好办法。经过慎重研究，批准了九区区委的计划，强调"挂国民党招牌，办共产党的事"，还明确这支队伍是县委领导下的抗日武装，由县委指挥，日常工作则由九区区委照管。

---

① 该队伍于1940年7月改编为国民党第四战区挺进第三纵队，同年10月改编为国民党第七战区挺进第三纵队，司令袁带，副司令屈仁则。1944年后，司令为伍蕃接任。

横门保卫战，中共中山县委统战工作建奇功

抗日战争期间，中共中山县委在综合分析中山各派政治力量和倾向后，按照"利用矛盾，争取多数，孤立和打击最反动的、最顽固的分子"的斗争策略，团结、争取县长兼县守备总队总队长张惠长，中立袁带，孤立林卓夫、吴康楠等顽固势力，揭露他们的反共阴谋，缩小其政治影响。这一斗争策略对建立抗日民族统一战线、挫败顽固派发动的反共逆流、推动中山的抗日斗争起了很好的作用。

1938年11月，广东青年抗日先锋队（以下简称"抗先"）筹备成立中山县队。为争取国民党当局开明士绅和上层人士参加抗日，中共中山县委决定推选张惠长为抗先中山县队队长。此举获得国民党中山县政府和张惠长的同意，张惠长还同意每月拨出法币100元作为抗先经费。1938年12月9日，即"一二·九"运动爆发三周年之际，广东青年抗日先锋队中山县队成立。全县队员发展到3000多人，是全县规模最大的群众性抗日团体，也是全省抗先人数最多的县队。

1939年7月24日上午8时，日军在飞机、火炮掩护下，在横门沿岸登陆。横门位于珠江口西南面，包括横门岛、横门口、横门水道，距石岐25公里，是珠江出海口八大门之一，也是中山县水上交通的咽喉。面对日军的进犯，中共中山县委主动同国民党中山县当局合作，共商保家卫国大计。县委副书记梁奇达撰文《紧急声中保卫中山的任务》，号召群众起来抵抗

横门保卫战期间，日军抢滩登陆

侵略者。中共中山县委和四区区委领导的武装集结队、别动队在指导员谭桂明、副队长杨木的带领下上前线协同守备队作战。中共中山县委以抗先的名义，以县、区两级党组织的领导成员为骨干，成立横门前线抗日支前指挥部，总指挥孙康，组织部长叶向荣，宣传部长阮洪川，总务部长欧初。在各区紧急动员了1000多名抗先、妇协会员，组成宣传队、救护队、担架队、运输队、慰劳队等开展紧张的支前工作。张家边、大环至珊洲坑、李屋边一带的群众甚至妇女也纷纷主动加入战地后勤服务。

24日，日军一部曾占领横门岛上的七坎、马鞍山、矮山；另一部登上横门沿岸部分地域。中山抗日军民英勇战斗，至下午将敌击退。次日，敌数百名在飞机、大炮掩护下，向驻军横门的中山守备队防线发起7次进攻，仍不得逞。26日，敌军铁拖、舰艇增至20多艘，仍以飞机大炮掩护，分兵向猪蟛咀、芙蓉山、玻璃围三路进犯。驻芙蓉山守备队伤亡惨重，第七中队被冲散，弃守猪蟛咀防线，罗得标中队被困，敌军占领了仰天螺，包围瑞生围。27日，县长张惠长亲赴前线指挥守军反攻仰天螺、瑞生围，集结队、别动队积极配合。7月31日下午4时，敌军突然出动多架飞机，向处于第二道防线的二洲、大王头、大环、小隐等处轰炸，以猛烈炮火掩护其在沿岸的步兵撤退。是役，日军伤亡近100人，一艘运输舰于玻璃围附近水面触雷沉没，在全县军民的共同努力下，横门保卫战首战告捷。

同年9月7日至20日，敌军再犯横门，炮轰芙蓉山、玻璃围，摧毁沿江工事，复以飞机掩护敌兵登陆，先后占据白米山、大尖峰、东利涌、灰炉涌、大王头、横山、下旗山、玻璃围、珊洲等地。中山抗日军民齐心协力，共御外侮。驻守横门的中山守军英勇奋战；抗先队员和妇协会员结队赶赴前线服务；

日军运输舰于玻璃围附近水面触雷沉没

横门战斗祝捷报道

横门一带妇女主动助士兵炊事。横门前线抗敌守军兵力虽有所加强，但考虑到敌我力量悬殊，苦战数日，予敌较大杀伤后，便退出横门前线。13日，敌兵千余人在飞机、大炮掩护下进犯三仙娘山，守军与之激战至下午3时，毙伤敌兵200余名，为横门作战以来最大之战果。

14日，敌军以1500余人再犯三仙娘阵地，并轰炸沙边、张家边、窈窕、大环、西桠、江尾头等乡。中山守军苦战至下午2时，一直坚持战斗，并击落敌机一架。15日起，守军分向珊洲、下旗山等敌军据点反攻，毙伤敌兵十余名，缴获无线电机一台。20日，敌军出动1500人，以飞机十余架助战，进犯小隐、大环，继分三路犯江尾头。该线守军守备第九中队士兵在共产党员缪雨天的率领下奋勇抗战，击退敌兵4次冲锋，先后夺回大环、小隐、黎村、二洲等据点。日军失利后不敢恋战，于下午5时30分后留下一部在大王头设营固守，大部分兵力撤回海上。此次苦战14日，全县军民合力抗击来犯之敌，又获得横门战斗的第二次胜利。

两次横门保卫战获胜，打破了"皇军不可战胜"的"神话"，大大鼓舞了人民抗日的斗志和信心，拉开了中山抗日武装斗争的序幕。

中山组建共产党领导的抗日游击队

抗日战争进入相持阶段后，以蒋介石为代表的国民党亲英、亲美派集团表现出明显的妥协倒退倾向。1939年，国民党陆续制定和秘密颁发《限制异党活动办法》《异党问题处理办法》《沦陷区防范共党活动办法》等，并在11月的五届六中全会进一步确定"军事限共为主，政治限共为辅"，掀起抗战以来的第一次反共高潮。

国民党顽固派挑起的反共逆流，很快波及中山。支持抗日的张惠长于1939年底被免职，中山县战时妇女协会、广东青年抗日先锋队中山县队也陆续遭到打压，孙康等中共党员遭到缉捕，抗先的工作人员受到公开威胁，各区的抗先分队部相继被查封。加上中共广东省委在未经深入调查核实的情况下给予中共中山县委不符合事实的评价和处理，致使党组织自身建设一度受到严重挫折。

1940年3月7日，日军攻陷石岐，中山县境沦陷。日军占领中山后，利用一批汉奸建立伪政权和扩充伪军。中山县伪政府和伪军在伪县长欧大庆指挥下，强行在中山沦陷区征抽联防附加费，还进行稻田招商承办，搜刮民脂民膏。在日军进犯时，国民党中山县党、政、军当局不战而退，逃到鹤山建立临时县政府，因而失去民心。国民党中山县长吴飞于1940年5月辞职，继任者林卓夫无法维持政务，于同年12月辞职。

其时，国民党中山县党政当局已无力领导中山敌后抗战。在这严峻的历史关头，中国共产党人勇敢地肩负起抗日救亡的重担。中山沦陷后，中共中山县委根据上级"埋头苦干，长期积蓄力量，等待时机""国民党上山，我们下海（指插进敌人心脏去开展敌后斗争）"的指示，从公开转入隐蔽，已暴露的党员转移到外地，没有暴露的坚持在原地以隐蔽方式进行斗争。在沦陷区，县委安插一批党员在山区当教师，以发展并巩固阵地。在边远的九区，一批大革命时期的老党员以兄弟会、姐妹会等群众组织团结群众，使低沙、石军、牛角、卫民等地成为党的活动基地。

自中山沦陷后，中共一、二、四、六区委领导的乡警武装只有数十人，八区陈中坚的抗日游击队有20余人。九区区委驻九区梁伯雄大队内掌握了二三十人的队伍，力量仍十分弱小，活动相当困难。县委书记陈翔南到九区后，了解到梁伯雄大队存在一些问题：主要是梁伯雄本人放松对自己的要求，生活腐化，作为区委委员既不参加区委会议，也不参加支部生活，对党组织若即若离。特委和县委经过研究，决定派徐云前往九区对其进行教育挽救，还在县内迅速建立了一支武装——虽公开挂的是"挺三"招牌，实质上是在党绝对领导下的独立自主的敌后游击主力，并逐步掌握地方武装。

1940年5月，中共中山县委书记兼九区区委书记陈翔南找梁伯雄商定，由县委直接领导的游击小队挂名在其队内，由其负责6人的粮饷。下旬，县委副书记梁奇达向中共党员欧初布置了到大南沙负责组建中山抗日游击小队的任务。接到任务后，欧初即着手队伍的筹建工作。县委陆续从一、四、五、六区抽调郑刚拔、罗章有、谭帝照（谭三九）、冯洪昌（冯昌）、李新知、缪雨天、邓准、陈超、郑毅、陈庆池等13人到九区大南沙，成立中山抗日游击小队，小队长郑刚拔，党代表欧初。部队对外挂国民党地方部队挺进第三纵队第一支队梁伯雄大队新建小队番号。为了加强这支党直接领导的武装，6月，四区区委书记谭桂明带领崖口乡乡警队十余人、一区区委委员黄江平带领长洲乡乡警队十余人到九区与转移到牛角沙的县委新建抗日游击小队合并，又从各区抽调来一批战士。队伍发展到四五十人，扩编为中队，并成立了党支部，中队长杨日韶，党代表谭桂明，政训员欧初。这支队伍在生活极其艰苦，经常缺衣断粮，但仍坚持组织学习政治和军事技术，开展群众工作，锄除奸伪。不久，上级组织派卫国尧到这支队伍负责军事工作。共产党领导下的中山抗日游击队逐步站稳脚跟，具备武装部队的雏形。

同年9月，中共广东省委将中共中央派来的延安抗大三分校大

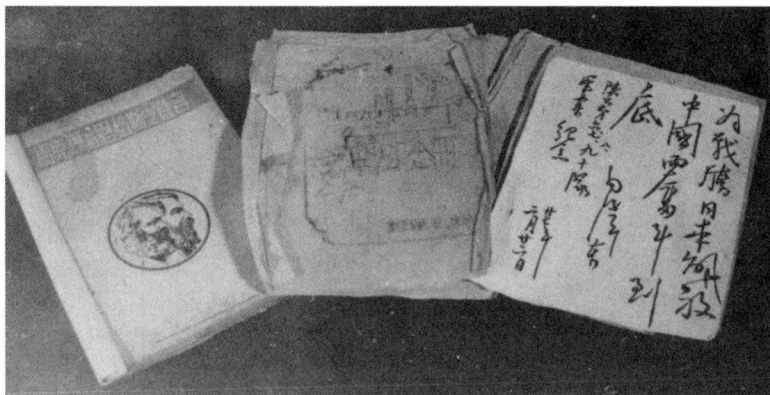

游击队使用的学习材料

队政治委员谢立全（陈明光）、大队长谢斌（刘斌）分配到珠江三角洲地区负责军事工作。同月，中共南番中顺中心县委在碧江召开会议，决定加强南（海）番（禺）中（山）顺（德）敌后各抗日武装的领导，深入开展敌后抗日游击战争，以顺德抗日游击队为基础，从中山、番禺抽调一批党员、青年组成独立一中队，编入广游二支队，由中心县委直接领导，中队长林锵云、政训员黄柳言。不久，又建立了广游二支队第一中队，中队长肖强，指导员欧初。

在处境十分困难，生活相当艰苦的条件下，中山抗日游击中队十分重视对战士进行抗日救国和艰苦奋斗的思想教育，积极带领战士帮助当地农民种田，保护群众利益，与群众建立了紧密关系。中心县委为了更好地发动九区群众配合部队开展抗日武装斗争，先后派谭本基、容海云、方群英、邝健玲等一批妇女干部到九区工作。这批妇女干部通过办识字班、组织妇女会和姊妹会等，团结了一批九区妇女，很快就打开了工作局面。

后来，共产党领导下的中山抗日游击队发展到两个主力中队，还拥有多支由共产党员实际掌握、挂国民党番号的武装力量。1941年，陈中坚大队改名为中山八区抗日游击队。1942年5月，中山县抗日游击大队成立，之后，这支队伍发展成中山人民抗日义勇大队、中区纵队第一支队、珠江纵队第一支队。

抗战时期，这个支部发挥了战斗堡垒的作用

中山县城石岐，是城郊水路交通的要隘。全国抗日战争爆发初期，中共中山县委派党员黄峰回张溪秘密发展党的力量，建立党组织。黄峰回乡后，首先发展了以捞虾捞蚬为生的贫苦农民杜广加入中国共产党，继而又发展了梁沛洪、马锐彬、梁达初加入中国共产党。1938 年冬，中共张溪支部建立，该支部在全国抗日战争时期从未间断过活动，充分发挥了战斗堡垒的作用。

1939 年年初，中共中山县委搬到张溪乡河北大街梁沛洪家作机关办公地点。县委书记孙康、副书记孙晖如、组织部长梁奇达、宣传部长徐云、青年部长黄峰、妇女部长梁绮卿等常到张溪开会，梁奇达、徐云与县委的工作人员简洁、谢丽群、谭连珠都曾住在这里。

1939 年 10 月，日军大举入侵石岐。中共中山县委书记梁奇达带领长洲、张溪民兵近百人奔赴五桂山马溪村，与五区区委书记郑少康率领的民兵队伍会合，准备迎击敌人。日军退出中山后，民兵回原地坚持斗争。中山沦陷后，中共中山县委机关从张溪转入五桂山腹地的贝头里、翠亨、大布等村活动。

1943 年 11 月，黄峰当选为张溪乡乡长，中共珠江特委书记梁嘉指示黄峰要当好"白皮红心"乡长。黄峰上任后，安插了一批党员担任乡中职务，黄旭主管武装，梁哲主管交通情报，梁湘到张溪学校当教师，杜广打入张溪乡警队去掌握武装。

1944 年年初，地方党组织安排郑宝三到张溪乡当医生，他除了给游击队

张溪"白皮红心"乡长黄峰

伤病员治病外，也精心治疗当地群众。同年 10 月，张溪乡组织了
农民近百人，蚬艇、禾虫艇四五十艘，运载中区纵队指战员约 500
人挺进粤中。1944 年，张溪乡的村民用投禾虫票款（即投标捕捞禾
虫的河涌的资金）购买了一挺机枪送给中山人民抗日义勇大队。

从大革命到抗战，石军村人民默默作贡献

　　黄圃镇石军村有着优良和光荣的革命传统，是中山市第一个村级党史教育基地。1924 年 8 月，受孙中山之命，广东省省长廖仲恺在石军村召开农民大会，吹响农民运动的号角，熊熊的革命烈火迅速在香山县蔓延，黄圃成为香山县农民运动的发源地。抗日战争期间，石军村涌现出一批以罗若愚为代表的爱国志士，他们为中山的革命事业作出了不可磨灭的贡献。

　　罗若愚，原名罗顺球，黄圃镇石军沙七宅村人，1898 年出生于一个农民家庭，少年时在大黄圃读私塾。1924 年 8 月，谭平山、廖仲恺到中山九区大黄圃宣传革命，发动农民运动。九区各村相继成立农民协会，农民运动蓬勃发展，罗若愚由此参加农民协会。1925 年，他被党组织派到广州农讲所第三期学习，同年参加中国共产党。毕业后，罗若愚以农民运动特派员身份前往罗定县从事农民运动。大革命失败后，他被迫离开罗定返回家乡，改名为罗若愚。1928 年 3 月，他当选为中共中山县委员会委员，在石军沙以当私塾教师为掩护宣传革命，传播革命火种；借用带有封建色彩的关义会，恢复农民协会，成立石军沙农民自卫军，人数达 30 多人。1929 年 5 月，罗若愚带领石军沙农民自卫军，逮捕并处决霸占石军沙勒收行税的五龙堂匪帮 3 人；同年 7 月，又率石军沙农民自卫军出击南头，歼灭妄图侵占石军沙的李晏仔匪帮。

　　1929 年 7 月，国民党在农村组建警卫后备队。按照中共组织的指示，罗若愚将石军沙农民自卫军改称警卫后备队，成为"白皮红心"的革命武装队伍，队伍扩大至 100 人。是年 10 月，九区反动匪首组织 200 多名武装人员用船向九区石军乡进攻，中共中山县委得知敌情，即派县委委员罗若愚率领石军乡农军及九区各乡农军，在乌

珠上滘冲口迎击。战斗从早上8时起，一直激战至下午3时多，当地农民也自愿前来支援，冒着枪林弹雨担茶饭、送弹药。农军越战越勇，终于击退土匪武装，收

石军乡支部活动旧址（罗若愚故居）

缴一批战利物资。1934年8月，盘踞在石军沙的五龙堂匪首梁永绍在三星海抢劫，被国民党军警当场捉获，罗若愚乘势发动群众到广州控告梁永绍，巧妙地借国民党之手将梁永绍处决。

1932年，利用国民党当局实行乡政建设之机，罗若愚当选为石军乡乡长，兼任九区副区长，通过合法身份，保护民众利益。同年10月，罗若愚把当时在九区失去组织关系的几位共产党员组织起来，成立九区革命领导小组。罗若愚任组长，还派副组长梁坤到香港寻找党组织，希望取得联系。1934年，罗若愚当选四沙（石军沙、马安沙、吴婆沙、栏木沙）乡长后，率领石军沙群众多次进行反护沙费、反伪票、反军谷的斗争。1939年，石军沙成立中共支部，其任支部书记，同时还成立广东民众抗日御侮救亡会中山工作团第三团、石军沙青年抗日先锋队等，开办夜校，培训抗日骨干。

为发动更多的群众投身抗日斗争，石军沙成立华光会，作为领导抗日和反对国民党反动派的群众组织。1940年夏，中共南番中顺中心县委妇女部长谭本基（谭婉明）到中山九区一带开展妇女工作，发展地方党组织，以配合该地区抗日游击战争的开展，领导、发动当地教师开办夜校，向人民宣传抗日。罗若愚以石军乡乡长的公开身份，掩护谭本基住在自己家。1941年春，地方党组织和中山抗日游击大队积极支持和发动九区农民开展反"霸耕"、反"伪票"斗争，取得胜利，减轻了农民的负担，调动了农民的斗争积极性，使得农

民更拥护游击队。

同年秋，中共南番中顺中心县委作出"发展中山"的决定，派王鎏、欧初带广游二支队第一中队驻扎在石军沙。为配合部队开展工作，中心县委调金秀霞、邝健玲到石军沙一带发动妇女开展活动。1942—1945年，还先后调陈秀球、杨淑卿、张兰、刘国均、黄佩坤、梁烟、林平等一批女中共党员分别担负起牛角围、乌沙、石军沙、吉昌、将军庙、孖沙、低沙、三角、民众、大有围、大南沙、沙栏等地的妇女工作。这批女党员在谭本基的领导下工作，很快打开了工作局面。群众大力支持部队的建设和游击斗争，九区区委也在此建立了工作站，协助部队筹粮等。

1942年，日伪政府纠集重兵，围攻进驻石军沙的抗日武装九区大队，国民党九区护沙总队也乘机偷袭石军沙，最后被罗若愚带领的石军沙农民自卫队伏击，狼狈逃窜。1943年，国民党反动派到石军沙抢掠，罗若愚奋不顾身冲到敌人面前，用双手把敌人枪口托向天空，与敌人展开激烈的斗争，迫使敌人撤出石军沙。1945年5月23日，国民党顽固派围攻抗日武装九区大队。面对敌人的重兵压境，九区大队全体指战员毫无惧色，奋起还击。副政委郑文带领一中队与敌激战至下午3时，阵地仍屹立不动；梁冠中队长率领第二中队战士在打退敌人多次进攻后，终因弹药无法补充被迫撤出阵地。24日，"挺三"增加大批兵力，继续向梁伯雄大队发动猛烈进攻，为了保存力量，大队政委蔡雄、副政委郑文等率领队伍边打边撤，冲出重围，转战到江边的九顷，撤到坡头、孖沙的队伍也于当日转移到九顷会合。敌人紧追不舍，梁伯雄大队与国民党顽军在九顷围再次展开激烈的战斗。战士们坚守阵地，连续击退敌人多次进攻，激战一直持续到26日上午。由于力量悬殊，寡不敌众，梁伯雄等20多人牺牲，50多人被俘；副政委郑文不幸被捕遭杀害，九区一带转移不及的抗日干部、革命群众、共产党员及军人家属均遭毒手。黄圃石军乡"白皮红心"乡长罗若愚被横栏土匪中队长蒋义和石军匪首黄坤元杀害。

一位海洲青年的革命历程

　　海洲地处中山、顺德、新会三县交界，接近中山沦陷后国民党县政府的迁移地鹤山县，地理位置十分重要。抗日战争时期，海洲籍青年袁世根以特殊的身份与敌人进行了一场特殊的战斗——表面上他是海洲乡乡长，实际上他是中共地下组织领导的"白皮红心"政权中的重要一分子。在袁世根的努力下，海洲成为党组织在中山、顺德、新会边界的一个可靠的立足点，对沟通粤中和珠江三角洲的地下交通线起到重要作用。

　　袁世根（1912—1951）出生于一个贫寒的农民家庭，16岁入读中山县立乡村师范学校。九一八事变后，民族的危亡牵动每一个有血性的中国人。袁世根带领部分同学到小榄、海洲和江门等地进行募捐筹款，积极支援东北抗日义勇军。1932年，袁世根从县立乡村师范学校毕业后，先后在古镇、海洲当教师。教书期间，他积极拥护中国共产党的抗日主张，广泛开展抗日救亡活动。

　　七七事变后，袁世根当上海洲乡副乡长。民族危机日益加深，他与几个进步教师一起积极投身抗日救国的宣传中。1939年，他参加了中山县抗日救亡先锋队，大力动员本乡青年参加。同年8月，日军第二次在横门登陆，进犯中山，袁世根积极发动学生奔赴前线，大力开展救护慰劳工作。

　　1940年3月，日军占领石岐，

袁世根

国民党中山县当局把县机关及部队迁到鹤山县。袁世根也被迫撤离，在离开中山前，面对故土的沦丧，他发出了"故乡，我决不能与你共沦亡"的誓言，渴望早日收复桑梓、解放家园。后来，袁世根到罗定县任民众教育馆馆长兼《新罗日报》主编，其间，结识了当地名医苏德琛（中共党员）。苏德琛从袁世根口中得知海洲乡曾派人来要他回去当乡长，原因是"挺三"借口保护海洲安全，派一个中队驻扎在海洲乡，控制水上交通。而"挺三"主力大队头目谢云龙（绰号"谢老虎"）驻扎九洲基，杨明独立小队则驻扎在海洲迳。他们设卡收税，就地筹饷，既妨碍行商，也侵犯了海洲各实力派的利益。于是，海洲的实力派找到袁带，与之协议：由海洲负责莫予京、杨明部队的给养，推举大家都能接受的袁世根当海洲乡乡长。苏德琛即将此事向中共西江特委候补委员李超汇报。李超认为袁世根虽是非党群众，但思想进步，较为可靠，可乘此机会鼓励他返回敌占区任抗日乡长，在沦陷区开展敌后抗战工作，以便于掌握"挺三"的动向。苏德琛遂动员袁世根回乡。

袁世根当上海洲乡长后，按照李超、苏德琛的布置，与国民党第七战区挺进第三纵队司令袁带、副司令屈仁则及其下属打好关系，在海洲站稳了脚跟，掌握了乡政府的权力。他运用手中的权力坚决打击抢夺民田的地主，从而使农民避免了失去土地的灾难。不仅如此，他还尽可能地为贫苦大众摆脱困境提供帮助和保护。在抗战的艰难岁月里，经常会出现一些在饥饿和死亡线上挣扎的孤儿，袁世根亲自说服惠农农场的经理收容100多个无依无靠的孩子。袁世根还亲自保释过不少被抓的贫苦青少年。当时，自卫队准备杀害的人，凡是袁世根知道的，都想办法救出来。古镇水利职工袁连庆后来回忆说，有一次，他被自卫队抓住，将被杀害，幸得袁世根知道后救了他。

在担任海洲乡长期间，袁世根还兼管海洲小学。他利用这个有利条件安排地下党员负责任教，进而培养进步青年，在海洲播下了一批革命的种子，使海洲小学变成教育和引导青年投奔革命的阵地之一。一次，袁世根得知当地反动派准备对海洲小学的教师采取行动，就及时告知党组织，从而使这些进步教师得以安全转移到其他地方隐蔽起来。

在当时的环境下。很多乡长即使不贪污，生活也过得奢侈，袁世根却为官清廉，生活清贫。在战友的提醒下，为了不引起敌人的怀疑，袁世根在乡民的帮助下建起了房子，这房子成为中共日后长期隐蔽的一个地下交通站，林锵云、关山等也曾在那里工作。

1944 年年初，李超和陈能兴[①]通过新会荷塘中共党员介绍与袁世根认识，同年 5 月，在海洲建立了党领导的外围组织"抗日民主同盟"，袁世根和海洲自卫队正副队长袁毅文、容辛等加入了该组织。袁世根还征得"挺三"副司令屈仁则同意，办了一份宣传抗战的油印刊物《持正报》，编印地点就设在袁世根家里。后因一篇评论暴露了油印报的政治色彩，屈仁则说它"很有五桂山气味"。为避免暴露，《持正报》被迫停刊。

1944 年秋，中区纵队根据中共中央和省委的指示，决定主力挺进粤中。考虑到安全，纵队指挥部选择了途经海洲、荷塘等据点的线路，因为党在这些地方基础较好，拥有一批隐蔽武装，挺进部队会得到他们的有力支援。部队到海洲前，袁世根早已布置好接应工作，由他的学生欧柏祥和袁永在曹步通天闸修好桥梁，他亲自带领警卫员程标、李结进行检查，作好安排，并组织好运输船只，布置好警卫岗哨，使部队到海洲后白天能隐蔽在袁氏大宗祠安全吃饭，得到充分休息，晚上则顺利渡江至江门的荷塘，从而有助于部队安全地通过敌人的据点而顺利抵达目的地。中区纵队领导人刘田夫在后来的回忆录中重笔提及此事，感激之情溢于言表，认为袁世根"帮了我们大忙"。

1944 年冬季，袁世根加入中国共产党，成为一名有坚定信仰的共产党员。入党后，其为党、为抗战事业继续作出更大的贡献——利用乡长的身份，拯救了一批被国民党逮捕或追捕的共产党员和进步人士。1945 年年初，袁永等一批共产党员被捕，袁世根从中周旋将他们保释出来，使这些同志能继续为党工作。不仅如此，袁世根

① 中共粤北省委青年工作部部长，因粤北省委机关被破坏，回乡隐蔽。

还及时通知和转移一部分同志，帮助他们免于被捕。

敌伪顽军充斥的海洲虎狼横行，在与各种反动势力复杂的斗争中，袁世根时常面临着种种威胁，甚至是生命危险。国民党军队"挺三"司令袁带和副司令屈仁则都对袁世根很戒备，袁带曾说："必要时不管如何，都要杀掉袁世根。"而屈仁则有一次把自己的部下黄壬枪决，而后对袁世根恐吓道："黄壬已经枪决了，以后做事要小心些。"尽管如此，袁世根毫不畏惧，继续潜伏，坚持斗争。

中山沦陷时期，县委交通网依然畅通

转入隐蔽斗争后，中共中山县委在各区设立了一批地下交通站（点），任务是沟通各地党组织之间的联系，传送信件、报纸、刊物，护送来往的领导干部，为党员、武装人员带路，以及负责来往人员的食宿、安全等。

中共中山县委恢复建立后，即在工人支部中物色了党员简洁、郑康明等当县委的机要交通员，又在太平路建国图书店设立交通站，负责全县的上传下达工作。1939年10月，中共中山县委在大布郑少康家增设了一个交通站，负责澳门—关闸—三乡一带的政治交通工作。交通站由郑少康负责，其母林宽、兄郑世雄都参与交通站工作。中共广东省委领导梁广、杨康华，中区特委领导罗范群，中山县委领导梁奇达、陈翔南、关山、司徒毅生等先后在这里住过。郑少康还布置郑康明在大布村口开了一家经营濑粉的店铺，负责放哨，监视来往人员。

中山沦陷后，县委在南庄李诗玉家设立交通情报站，由黄旭担任负责人。1941年秋，中共中山本部县委调唐仕明到潭洲建设秘密工作机关，掩护中共南番中顺中心县委委员陈翔南开展工作。工作机关设在潭洲墟周家园药材店。唐仕明通过旧同学的关系，在大岗建立了专供陈翔南使用的秘密交通站和中心县委的交通站，沟通了由顺德西海—番禺榄核、九区大岗—黄圃的交通线。本部县委在石岐、四区、五区、沙溪、小榄等地建立了一批交通联络站，负责人有郑志德、黄佩瑜、黎安、梁哲、郑永晖、冯彬、黄茵、肖琼芝等。

梁哲常送密件到三区小榄去，交给在那里摆烟摊的黄女。长洲北堡家的中共党员黄毅（黄伟畴）家长期作为交通站，接待地下党和武装部队的交通过往人员。1942年3月，中心县委派去开辟五桂

这里曾是当年珠江特委地下交通站之一的太平路"良友书局"

山根据地的先遣队进驻山区不久，派游击小分队在小鳌溪伏击伪军军车。在战斗中，黄毅不幸牺牲，其母杨振辉强忍悲痛，继续为党工作。中山沦陷后，石岐交通站负责人黎安生活难以为继，不得已，他变卖家产买了辆自行车作交通送信用。

1940年年底，中共党员卢德耀、郑康明、郑乃行、郑玉伦等在三乡白石环藕围耕田。1941年春，组织上通过林仲鲁的关系，派郑乃行和吴玉麟、郑杨奇、郑玉余等4人租耕了保良卡附近的藕围60亩水田，同时，五区区委通过党员林仲鲁，利用其堂兄弟林章发的关系，先后派党员梁其颖、郑吉等以带枪入股的办法，掌握了国民党五区联防大队驻在保良卡的一个中队。为了便于领导，五区区委书记司徒毅生在枕头角村当挂名教师，由郑吉代课，对外公开二人是舅甥关系。随后，通过统战关系，把保良卡这支队伍归白石环十八乡的地方武装，又安插了卢少彬、方贵荣、黄志、郑杨奇、卢棠、郑玉伦、黄如等一批中共党员入这个中队。保良卡成为打通本部县委和八区区委，乃至顺德、粤中地区的重要交通点。1941年下半年，本部县委派林亮到横栏负责交通工作，翌年被调到大岗做第三线交通，以理发来掩护关山工作。

南番中顺中心县委决定开辟五桂山抗日根据地后，为配合武装部队、地方组织积极发展交通情报网，1941年秋，中心县委抽调林锋为珠江部队与东江部队联系的政治交通员，后任广游二支队司令部交通参谋。南番中顺游击区指挥部成立后，交通情报工作日益繁重。1942年春，杨淑卿调到中山二区杨子江中队，负责跑二区到九区和到五桂山区的交通线。其后，郑康明、黄梅等在造贝村开一间小杂货铺作联络站，并发展了该村的冯惠娟当交通员。

四区负责人方仁牧安插了中共党员王树模在安定乡做交通联络工作，并负责注意敌伪军过境配备动态及各项敌情收集的情况。1943年7月至1944年9月，王树模与方仁牧在南朗墟内以开设卖糖摊贩为公开职业，设立南朗墟的联络点，利用各地的墟日设档卖片糖，来往于石岐沙岗墟、凤鸣路榄边墟、南朗墟下栅墟及翠微墟。郑兴叛变后，五区地方党组织遭到严重破坏，方仁牧指示王树模在一个月内在石岐建立一个联络点。王树模在凤鸣路永泰街门口摆摊档，专卖片糖，作为地下党的交通联络站，至日本投降时联络站方结束。

1943年12月，中共珠江特别委员会成立。其在石岐设有5个交通站，太平路良友书店为其中之一。

共产党这几仗，镇住了国民党的投降派

日军入侵中山后，中山党组织领导的武装力量虽弱小，且处在十分困难和复杂的条件下，仍奋起反抗侵略者。1940 年 6 月，南番中顺中心县委和中山本部县委根据形势的需要和力量可能，作出由刚组建的抗日武装进行各区游击小组互相配合，共同打击敌人的嚣张气焰，鼓舞群众进行抗日斗争的决定。在中山本部县委的领导下，各区区委积极组织游击小组开展敌后抗日游击战，主要采取小股出击的游击战术，神出鬼没地消灭日军或汉奸。

此时，早已对中山三九区大粮仓垂涎的李辅群 ①，即打着伪军的旗号，乘机陈兵中山、顺德边界，逼迫"民利公司"投降日伪，与之合作，并扬言："如若不从，就兴兵攻打中山三、九区。"一派乌云压顶，风雨欲来之势。"民利公司"内部的投降倾向逐渐流露出来，表面是挂"民利公司"牌号，实则与中国共产党领导的中山抗日游击队针锋相对。抗日游击队将队伍开到低沙，每天在容奇海尾布防，同李辅群的伪军隔一条小河对峙。一天，中山抗日游击队在中顺边境的吉昌围附近活捉了李辅群的副官（李辅群的小舅），从他口中得知其此行目的是代表李辅群到黄圃与"民利公司"的头子潘惠签订"互不侵犯"密约，条件是"民利公司"必须让李辅群在九区征收禾票。若让之得逞，日本侵略军占领中山九区大粮仓，实行"以战养战"的阴谋就能得逞。中山抗日游击队党支委卫国尧、谭桂明、欧初等经过研究，决定阻止这场即将降临到中山人民头上的灾难，就地处决李辅群的小舅子，并缴获快制驳壳枪 4 支。此举不仅粉碎了李辅群的阴谋，还加深了李辅群与"民利公司"的矛盾，

---

① 李辅群，花名"李塑鸡"，番禺市桥人。日军侵华期间，投靠日军当汉奸，任伪军第二十四师副师长。新中国成立后被镇压。

对阻止当时局势的恶化发展产生了一定的影响。

1942年3月16日，日军从佛山、番禺、江门等地调集2000多人及伪军第三十师2000人，联合向中山三区、九区的黄圃、阜墟、古镇、曹步、鸡笼等地进行

阜墟战斗旧址

"梳篦式"的"清乡""扫荡"，企图占领中山九区这个大粮仓，实现"以战养战"。同时，威胁国民党"挺三"部队妥协投降，以达到消灭三区、九区的抗日武装力量，扶植伪军在这里扩充势力的目的。国民党"挺三"暂编第一支队、第三支队、第四支队等采取不战不降的态度，率队撤到鹤山观望，九区的抗战形势一度出现低潮。在市桥的伪军大汉奸李辅群立即向中山扩张，派何国光率伪军一个营进驻阜墟[1]。此时，日、伪军势力气焰嚣张，局势严峻，为扭转这一局势，谢立全与中山抗日游击大队领导商量决定，派卫国尧前往鹤山沙坪动员"挺三"回来坚持抗战；同时，趁伪军在阜墟立足未稳，集中兵力袭击阜墟，以打击伪军的嚣张气焰。

同年5月下旬，谢立全亲自前往侦察驻阜墟的伪军据点和周围的环境后，率中山抗日游击大队主力70多人，二区部队30多人到达阜墟，与九区的杨日韶武装会合，分三路突袭何国光部。战斗部署虽然很周密，但在河汊密布的水网地带作战，兵力运动较困难，队伍在水中运动时被伪军发觉，伪军进行顽强的抵抗。战斗中，中队长杨日韶身负重伤仍坚持用机枪射击伪军，带领部队击退了伪军的多次反扑，后因流血过多，不幸牺牲。副中队长王銮为掩护战友撤退，也不幸牺牲了。战斗从下半夜开始激战到黎明，主攻部队才攻进敌人驻地中心，歼灭了伪军一个连和一个伪警察中队，缴获长短枪50多支，收复了阜墟。是役虽然付出了一定的代价，牺牲两

① 又名浮墟，今属阜沙镇。

位中队长和几位战士，但在政治上影响很大，它震撼了珠江三角洲，鼓舞了人民抗战必胜的信心，打击了敌伪的气焰，为稳定"民利公司"的抗日情绪，打开中山抗战的局面起了积极作用。

夜袭阜墟后，驻扎在阜墟的伪军害怕了，仓皇撤退。"挺三"头子袁带、屈仁则为了夺取地盘，马上提高了抗日调子。接着，中山抗日游击大队又先后两次出击石岐，打击敌伪。曾一度低沉的抗日烽火，又在中山熊熊燃烧起来。

建立五桂山根据地，分几步走

早在 1938 年，中共中山县委便提出"以五桂山作为将来的游击根据地"。但由于南番中顺中心县委内部存在不同意见，这一设想一直未能付诸实践。1941 年 7 月，中心县委派谢立全、梁奇达到五桂山区对建立五桂山抗日根据地的可行性进行实地调查。

谢立全到中山后，了解到五桂山临近珠江口西岸，山峦起伏，形势险要；山区居有四万多人口，分布于 600 多个大小村庄，以客家人居多，群众基础好，党组织力量较强；加上经历一年多的杀敌锄奸活动的锻炼和反"扫荡"的考验，中山人民的抗日武装队伍不断成长壮大，战斗力也日渐增强。经过一个多月的深入调查研究，谢立全确认五桂山区具备进行游击战争的有利条件。9 月上旬，中心县委召开会议，听取了谢立全的汇报，认为五桂山区确实具备建立抗日根据地的条件。一、有思想基础。中山县是中国共产党活动较早的地区之一，从大革命时期就已经有党组织在活动；中山沦陷后，地方党组织在五桂山区活动活跃。二、有群众基础。中山人民具有光荣的革命传统，大革命时期，农民运动蓬勃，全国抗战初期的抗先活动亦十分活跃，五桂山区及周边群众支持抗日救国。三、有军事基础。五桂山区周围建立了不少党领导或控制的抗日武装。四、有建立根据地的政治条件和地理条件。五桂山区纵横三四十公里，面积 100 多平方公里，山峦起伏，坑谷深邃，地形险峻，村落分散、交通不便，国民党、日伪的统治薄弱，群众相信和支持共产党。山区环境也有利于部队的活动回旋和掩蔽斗争。与会同志经过慎重研究后，认为可以开辟中山五桂山区抗日根据地。于是，会议制定了"经营番禺""发展中山"的方针。随后，谢立全、梁奇达被派到中山加强中山敌后抗日武装斗争的领导，广游二支队第一中

南番中顺游击区指挥部旧址

队也被调到中山九区，以加强中山抗日武装力量。1941 年 11 月，该中队副中队长王鎏、政训员欧初带领 60 多人挺进石军沙，对外挂梁伯雄大队第七中队的牌子，对内称第二主力中队，原驻九区的抗日游击队改称为第一主力中队。在中心县委的领导下，两个中队互相配合，并肩作战。

为了在开辟五桂山抗日根据地前扫清五桂山外围的敌伪据点，解决部队的武器和给养问题，1941 年年底，谢立全指挥第一、第二主力中队袭击崖口伪护沙中队。部队从牛角出发，经大有围，乘石军沙乡组织的十多只小艇到小隐乡涌口登陆后，第一主力中队由谭桂明、罗章有带领，袭击驻碧绿楼的伪军。第二主力中队由王鎏带领，袭击驻经玉祖祠的伪军，很快就结束了战斗，全俘伪军 40 多人，缴获轻机枪 1 挺、步枪 30 多支和一批子弹。第一中队袭击碧绿楼之伪军，进攻一度受阻。谢立全当即调来机枪集中火力射击，将伪军的火力压住。经过一段激战，活捉并枪决了伪护沙中队中队长谭玉良，俘虏了伪排长苏连根等 6 人，缴获短枪 8 支。是战，取得了全歼崖口伪护沙中队的胜利，迫使崖口乡伪政权保证按时按量缴纳抗日军粮。

同时，谢立全到中山九区牛角召开武装干部会议，传达中心县委关于在中山五桂山区建立抗日根据地，把原来在河涌水网地带活动的中山武装力量逐步转移到五桂山区的指示，就开展独立自主的游击战争和开辟五桂山抗日根据地问题，统一全体干部认识。

1942 年 1 月，罗章有、黄智（黄衍枢）奉命带领一支 18 人的先遣队进入五桂山区合水口、石门一带，摸清民情、社情、敌情、地形，为建立根据地打前站。先遣队进入五桂山后，在地方党组织积极支持和密切配合下，在群众中展开了防匪保家、抗日救国的宣传，帮助群众生产劳动、治疗疾病，镇压与人民为敌的匪霸，因此很快扎下根基。2月，欧初带领第二主力中队六七十人进驻五桂山，与罗章有的先遣队汇合。3月，卫国尧带领第一主力中队十多人转移到五桂山。第一、第二主力中队与先遣队会合后，驻五桂山的抗日武装部队120多人，分别驻在合水口、白企、贝头里、长江、石门等乡村。

南番中顺游击区指挥部暨中共南番中顺临时工作委员会机关旧址

073
挺起钢铁的脊梁
大革命及抗战时期中山红色故事

延安派来珠江三角洲开展游击战争的军事干部、中心县委委员谢立全，代表中心县委驻五桂山领导中山的抗日游击战争。

游击大队初到五桂山，工作局面尚未打开，部队的给养出现了严重困难。为了支援游击队，保证部队必需的生活供给，中共中山本部县委和各区的党组织千方百计筹集粮饷，辗转送入山区。翠亨、石门、合水口一带的群众，纷纷将家里的稻谷、番薯、南瓜、芋头等送到游击队营地。原第一主力中队中队长杨日韶的母亲谭杏，知道儿子所在的部队进入五桂山区后，从翠亨送来250千克粮食支援子弟兵。后来，她知道游击队生活有困难，又连续4次送来粮食共1000千克，还将自己的金银首饰等贵重物品变卖折现，筹钱送给游击队购买粮食。五区区委派郑金文（健明）回乌石联络了陈萍、郑莹、郑兰卿、郑佩华、郑琼，6位妇女租了7亩田种水稻，所收成的粮食除用于交租外，其余全部交给部队。

在地方党组织和人民群众的支持下，中山人民抗日武装不断壮大，五桂山抗日根据地迅速发展。为了进一步加强中山武力力量的领导，1942年5月，中心县委将五桂山的两个主力中队整编，内部宣布成立中山县抗日游击大队。大队长卫国尧（后欧初），政委谭桂明，副大队长肖强（后罗章有），政训室主任欧初（后李进阶、杨子江），大队下辖3个中队，共120人。

1943年秋，南番中顺游击区指挥部和中共南番中顺临时工作委员会的领导机关，从禺南转移到五桂山区。

活捉"飞天鸭"，
延安来的指挥官亲自化装侦察

　　五桂山西南面的三乡是中山南部一个较繁华的小镇，素有"小澳门"之称。这里交通方便，南通前山澳门，西接斗门，北连石岐，岐关公路横穿镇中心，是扼守五桂山区西南门户的一个咽喉，也是敌伪在岐关公路西线布下的一个重要据点。驻有三乡伪联防大队，辖下有伪联防中队、伪警察中队及伪密侦队各一个，共200多名伪军，伪联防大队长名郑东镇，诨号"飞天鸭"。

　　"飞天鸭"这家伙平日倚仗日军的势力，在三乡一带横行霸道，大开烟馆赌档，霸耕欺民，囤积谷米，高抬市价。这还不算，他还借用三乡"六大绅"的名义，到各围口向农民敲诈勒索，在三乡车站设卡勒收出入口货物税。三乡一带的群众恨透了这个"土皇帝"，日夕盼望游击队为他们除掉这一大害。他们暗地里骂郑东镇手下的喽啰："你们作恶多端，终有一日游击队会从五桂山上神不知鬼不觉地滑到你们身边，要了你们脑袋。"

　　随着中山人民抗日游击大队力量的壮大，剪除"鸭翼"，打通西部平原的时机成熟了。1943年初夏，负责领导中山抗日游击战争的南番中顺游击区指挥部副指挥谢立全与中山抗日游击大队的领导研究决定袭击三乡伪联防大队，铲除敌伪钉在五桂山西线出口的这颗钉子。

　　"飞天鸭"的巢穴筑在三乡墟仔文阁前的山溪旁，防守严密，前面是一座炮楼，他的亲信部队驻在这里为其把风；两侧是警察中队、密侦队和联防中队的驻地；涌边要地则装有大闸，天未黑便关上闸门。"飞天鸭"更是刁滑，他的住宅是一所设有地下室的小洋房，还有专为防卫他的洋房而建的炮楼，楼房和自卫队的周围都设有暗岗。要抓他，实非容易的事情。

为确保战斗万无一失，谢立全决定亲自化装进入三乡侦察，彻底摸清情况。他是江西人，不会讲广东话，中山抗日游击队的领导谭桂明、欧初等都担心万一被敌人发现就太危险了。但谢立全说："虽然五区伪联防大队驻地基本情况我们是掌握的，但我不亲眼看清楚就不放心。何况这又不是第一次。"谭桂明、欧初见无法说服他，只好派出可靠的战士陪他同去。直到黄昏时分，他的身影出现在合水口里村，谭桂明、欧初悬着的心才放了下来。

谢立全（1917—1973），时任南番中顺游击区指挥部副指挥

075
挺起钢铁的脊梁
大革命及抗战时期中山红色故事

一身商人打扮的谢立全，脸上流露着自信。他笑着说："今天收获真大，不但看清了地形，还同'飞天鸭'打了个照面。"

谭桂明等一听，都围了上去。原来，谢立全在细细观察完五区伪联防大队的驻地及周围环境后，已是晌午，就到三乡墟仔茶楼歇脚，正好"飞天鸭"也在那里吸烟喝茶。他身旁还站着几个杀气腾腾的马弁。这个不可一世的三乡"土皇帝"，怎么也没料到自己的末日就要到来了。

指挥部根据了解到的情况，制定出作战计划。5月的一天下午，前往袭击五区伪联防大队的部队在合水口里村集合，由大队政委谭桂明作战斗动员。他简明扼要地向战士们说明了袭击三乡，打掉"飞天鸭"对继续向平原发展的重要意义。作过战斗动员后，已接近黄昏，谢立全、谭桂明、欧初率领部队急行军至三乡外围，分出一部分兵力负责警戒，阻击可能从前山方向赶来的日军，其余的兵分三路：一路负责攻伪警察中队，一路负责攻伪联防中队和伪密侦队，一路负责直捣"飞天鸭"巢穴。

这是个风高月黑夜，天漆黑得伸手不见五指。黄富仔带着短枪组沿着早已侦察好的路线摸向敌营闸门，只见敌哨兵拖着慢吞吞的脚步在巡逻。黄富仔等不动声色地摸近了敌哨兵，一跃而起，没等对方张口，一把将烂布塞进了他的嘴里。敌哨兵束手就擒了。突击组乘机跃身冲上前，迅速劈开了闸门，随后队伍像潮水般涌进敌营房。火力组的机枪手早就选定了位置架好了机枪，只等敌人的火光以判断敌火力点了。"砰砰！砰砰！"营房里的敌人漫无目的地开枪了。刹那间，数挺机枪向着目标同时开火，打得敌人鬼哭狼嚎。跑在前面的短枪组迅速冲入敌营房。仅十来分钟，伪联防中队和伪警察中队全部被歼。

负责主攻的部队直逼"飞天鸭"的炮楼下。狡猾的敌人依仗炮楼居高临下，集中火力封锁铁门做垂死挣扎。当时的游击队还没有爆破器材，主攻队几次冲不进去，心急如焚。有的战士提出要冒死冲过去劈开铁门。正在这时，谢立全走过来了。他被战士们对祖国、对革命事业的赤胆忠心深深感动了。但硬拼是不行的，他不能让他们作无谓的牺牲！他马上重新部署一番，命令所有机枪瞄准敌炮楼的射击孔，一起扫射，以压住敌人火力。同时安排吴昭垣小队长带着几个突击手手持斧头，趁机冲上去把铁门劈开，冲进了敌碉楼。敌人见最后一道防线被冲破了，只好缴械投降，排着队被押出了碉楼。

欧初带着短枪组冲入"飞天鸭"的住宅，俘虏了他的20来个亲信，可就是不见"飞天鸭"本人。奇怪，难道这家伙真的插翼飞天而去？欧初迅速环顾周围，猛然发现房间地面上有一个特别的洞口，走近往里一看，原来是一个地下室，一个家伙正从地下室的入口钻往地道口，屁股和两腿还在地下室这边。欧初眼疾手快，一个箭步冲进去，一把揪住这个家伙的两条腿，用力一拖，大喝一声："举起手来！"

这个家伙吓得浑身直打哆嗦，跪在地上，举起了双手。"哗！"这举起的双手，十个指头全都戴满了金戒指，脖子上的金链也足有小指般粗。欧初想，这人一定来头不小。恰好这时，谢立全进来了。那家伙用他那双三角眼瞟了谢立全一眼，急忙转过脸去。谢立全一看他那副狼狈样，乐了："这就是'飞天鸭'——郑东镇。"

一个战士指着"飞天鸭"说："喂！你不是会飞天的吗？怎么这回遁地走？难怪逃不掉了！"大家哄堂大笑。

这次战斗费时不到一个小时，毙俘 100 多名伪军，活捉伪联防大队长"飞天鸭"，三乡"土皇帝"成了游击队的阶下囚。大家迅速打扫了战场，警告郑东镇家人不得助纣为虐，然后押着"飞天鸭"，带着战利品凯旋。

崖口伏击战里，这位新郎官壮烈牺牲

肖强（1915—1943），原名肖泗才，东莞麻冲人，早年赴港，追随在香港经营小五金商店的父兄谋生。日军南侵、国家危亡之际，肖强毅然把幼子托付给亲友，于1939年夏天，到顺德参加了接受共产党领导的广游二支队（珠江纵队的前身）。广游二支队是一支活跃在南海、番禺、顺德坚持游击战争的武装力量。肖强工作非常负责，考虑问题细致周到。每天晚上，他即使再累，也必定要亲自检查每一个哨位的值岗情况。考虑到士兵们很多都是年轻农民，没有多少战斗经验，肖强就常常为他们鼓劲、壮胆。肖强还注意在小细节上关心战士们的生活起居，有战士在战斗时受伤，他亲自端茶送水、嘘寒问暖。中共南番中顺中心县委决定开辟中山五桂山抗日根据地后，把广游二支队第一中队60多人从顺德县路尾围调防中山九区石军沙，与中山的部队会合，对外称"挺三"第七中队，对内称第二主力中队，欧初任指导员，肖强任代理中队长。

1940年，中山沦陷，为了确保石岐至唐家公路的交通线，日军派出一股部队进驻崖口乡，并建立了伪政权，汉奸、恶霸、伪中队长谭玉良的护沙中队也进驻崖口乡。谭玉良率领其手下喽啰50多人，在崖口横行霸道，无恶不作，到处打家劫舍、敲诈勒索，就连行人过桥过路也要纳税，还巧立名目阻止抗日游击队收军粮，

肖强，崖口伏击战中牺牲的中山抗日游击大队副大队长

迫害抗日积极分子及其家属，引起的民愤极大。

中山游击队要挺进五桂山，崖口乡将成为五桂山游击区的前沿阵地和外围，也是五桂山游击队可靠的后方。中共南番中顺中心县委根据开辟五桂山根据地的需要和民众的要求，研究决定袭击崖口谭玉良部。1941年年底，在一个寒风呼啸的黑夜，肖强中队在谢立全、谭桂明等带领下摸黑挺入崖口，包围崖口祠堂里的伪军。这时伪军在呼呼大睡。攻击令发出后，肖强和罗章有等同志动作非常敏捷，一下子冲进谭玉良的住所。谭玉良被活捉并就地正法，崖口的敌人宣告覆灭。

1942年5月，中山县抗日游击大队在五桂山区宣布成立，大队长卫国尧，政委谭桂明，副大队长肖强，政训室主任欧初，大队下辖三个中队120人。游击大队成立后，不断加强政治教育和军事训练。肖强讲话带有很重的东莞口音，很洪亮，讲得很生动，青年们都爱听。他还经常做群众工作，有时吃完饭，他便去同群众谈心，或做些统一战线工作。

1943年10月的一天下午，南番中顺游击区指挥部及中山县抗日游击大队的领导集中在五桂山合水口开会，获悉伪军第四十三师一个营护送1000多名青年学生从石岐去翠亨参加"军官训练团"集训。此训练团是汪精卫的妻子陈璧君向日本人献媚，让其干儿子伪军第四十三师师长彭济华在总理故乡纪念中学举办的军官训练班，以培植自己的势力。可游击队在合水口的兵力不到60人，面对敌众我寡的情形，肖强认为，虽然我们的兵力与火力都不足，但如果等主力部队回来才行动就会坐失良机，应给敌人来个措手不及的打击。于是指挥部决定以少胜多，速战速决，在崖口村外埋伏，集中力量突袭敌人的先头部队。

当日晚饭后，谢立全、欧初、肖强带领警卫班和手枪队20多人及刘震球民兵集结队的30多个民兵，跑步赶到崖口村外，队伍分三个小组埋伏在公路两旁的小山丘及树林中。不一会儿，远处传来闹哄哄的人声和杂乱的脚步声，月色中，看见敌人的尖兵班由远而近。

按预定部署，首先是让敌人的尖兵班安全地走过，接着是敌人的尖兵连排成四路纵队走过来。待其进入伏击圈时，指挥员的信号枪一响，眨眼间，机枪、步枪立即交织成火力网，加上一束束的手榴弹都对准敌群，打得敌人晕头转向，乱作一团，一下子歼灭了40多名敌兵，剩下的敌兵丢盔弃甲、夺路而逃，直奔崖口村。为了歼灭更多敌人，队伍乘胜追击，肖强带领的小组立即冲下山越过公路，向崖口村方向冲锋，遭到了敌人的猛烈抵抗。

冲在最前面的肖强被敌人乱枪击中了大腿，血流如注，但他仍然坚持指挥杀敌，掩护战友撤退，直到战斗结束。撤离阵地后，因医疗条件差，无法及时止血抢救，肖强壮烈牺牲，年仅28岁。此役前不久，肖强刚和谢月香①结婚，新婚燕尔，如果在和平年代，正是一对新人难舍难分之际。牺牲前，他将从香港带回来的一支墨绿色的钢笔交给欧初，嘱咐将其转给谢月香，另外把左轮手枪也交给欧初，并希望同志们继续努力。

是役共毙伤伪军20人，缴获步枪10支、歪把机枪1挺、掷弹筒1具以及弹药一批。接着，驻扎在石门的罗章有部队连续三个晚上派一个战斗组到纪念中学附近，朝哨兵打几枪就走，训练团的学生都十分害怕，不少当了逃兵，训练团办不下去了。崖口伏击战行动果断，速战速决，以少胜多，破坏了敌人的军事训练计划，在群众中影响很大。

肖强牺牲的第二天，部队在合水口村召开了一个简单而隆重的追悼会，谢立全等许多同志以及五桂山区数百名群众，怀着沉重的心情，依依不舍地向这名英雄的遗体告别。

1998年，欧初带着后辈回访五桂山时仍提起崖口伏击战，他指着公路边一座小丘告诉孩子，这里就是当年指挥崖口伏击战的位置，

---

① 谢月香，1922年出生于南朗翠亨乡石门村。1939年入读中山县联合中学时，与胞妹谢月珍一同加入抗日先锋队。1940年6月加入中国共产党。1942年调到中山人民抗日游击大队工作。同年8月起至1946年2月，任中共中山县五桂山中心支部委员、五桂山联乡办事处政务委员兼宣传股股长、五桂山第一届妇女会会长。1994年4月12日在广州病故。其父为檀香山华侨，曾参加国共第一次合作时期的农民运动。其姐谢月梅也曾多次资助游击队。

也是肖强同志中弹的地方，当时他的鲜血就洒在这几棵松树下。抗日战争胜利 40 周年时，欧初写过一首诗，题目是《悼念卫汉、肖强、杨日韶诸先烈》，诗曰：

> 一代风流补漏天，并肩救国忆前贤。
> 堂堂笔阵风云动，猎猎旌旗鼓角喧。
> 冒死突围争殿后，冲锋陷阵奋当先。
> 珠江水赤英雄血，墓地红棉似火燃。

这首诗悼念的是以卫国尧、肖强、杨日韶为代表的中山抗日游击队全体烈士，他们的英名如同五桂山头的松柏，万古长青。

1943 年，珠江敌后武装斗争中心移至中山

1943 年 1 月，中共广东省临时委员会（简称"省临委"）、东区军政委员会根据周恩来关于"领导游击区及秘密党的组织和人均须区分开"的指示，决定在珠江敌后实行部队与地方党组织分开的原则。同年 2 月，在珠江敌后成立南番中顺游击区指挥部（以下简称"指挥部"），领导活动于南海、番禺、中山、顺德的武装组织，中山抗日游击大队隶属指挥部。

同年 3 月，省临委鉴于"南、番、中、顺因组织仍太薄弱，且全系敌后，实际工作仍着重发展"，决定对地方党领导机构作重新调整，撤销中共南番中顺中心县委，成立中共南番中顺临时工作委员会（简称"南番中顺临工委"）。

9 月间，南番中顺临工委和指挥部遵照省临委、东江军政委员会联席会议精神及珠江三角洲的形势，决定集中力量开辟以五桂山区为中心的抗日根据地，发展珠江三角洲敌后抗日游击战争。珠江敌后抗日斗争的中心逐步转移到中山，以五桂山为依托的中山敌后抗日游击战争深入发展。

同年秋，南番中顺游击区指挥部和临工委的领导机关，从禺南转移到中山五桂山。9 月底至 10 月，南番中顺游击区指挥部领导人林锵云、罗范群、谢斌、刘田夫、刘向东及领导机关先后从禺南转移到五桂山区，加强以中山县为重点的珠江敌后游击战争和政权建设的领导。

1943 年 12 月，南番中顺临工委撤销，成立中共珠江特别委员会（以下简称"珠江特委"），隶属中共广东省临委，书记梁嘉，委员陈翔南、谢创。珠江特委领导中共中山本部县委，中山县三九区、八区区委，番禺县、顺德县特派员和南海县联系人，新会县委员会。

为了方便与各地方组织的联系，特委分三片进行领导：梁嘉负责联系中山本部和八区；谢创负责江门片；陈翔南负责番禺、南海、三水和中山九区。珠江特委仍用特派员身份，采取单线联系的方式。连贯代表省临委领导珠江特委，驻五桂山。梁嘉常去五桂山汇报工作。

珠江特委的主要任务是配合抗日武装部队工作，采取各种方式支持部队，包括人力、物力以及情报工作；宣传抗日，组织群众抗日；

珠江特委机关遗址（石岐卖鸭街）

083

挺起钢铁的脊梁
大革命及抗战时期中山红色故事

时机成熟时建立地方党组织。珠江特委机关设在石岐卖鸭街22号黄峰姨妈家。珠江特委在石岐的交通站共5个：一、张溪乡黄峰家中；二、太平路良友书店（由杨湘之母和弟杨超主持）；三、把林亮从大岗调回石岐，林安、林亮两兄弟在东门开设国民理发店，以理发掩护交通工作；四、杨兆华在凤鸣路与人合股的贸易行；五、石岐东门，负责上级的通讯站。沙溪有两个工作站：一个是龙聚环冯彬家，另一个是沙溪墟杨湘的老家。梁嘉以卖故衣作掩护，活动于石岐、沙溪一带，梁嘉妻子许桂生则在石岐太平路摆故衣摊开展掩护工作。

保障供给，中山抗日游击队也开垦了"南泥湾"

初到五桂山时，中山的军事形势较好，队伍和解放区都扩大了，但后勤工作并不完善。部队经济拮据，战士营养不良，不少人患夜盲症，影响了部队的战斗力，对此，南番中顺游击区指挥部决定扩大部队经济来源，改善部队给养。1944 年 7 月，指挥部成立了经济委员会，由林锵云兼任主任，欧初兼任副主任，梅重清任指导员。指挥部经济委员会统一领导部队财政经济的筹措和开支，如制订征收爱国军粮条令、建立税站、派出较强的干部做税站站长，还特派梅重清等到澳门，取得某些上层人物的支持，向因避战祸寄居澳门的地主征收爱国军粮。

采取一系列措施后，各地民众积极交纳抗日军粮、公粮和税款。1944 年 1 月至 8 月，中山县共产党部队收到军粮、公粮、税款共约500 万元（法币）；部队收储军粮、公粮 4 万千克。与此同时，根据毛泽东提出的"自力更生""自己动手，生产自给"的方针，各部队自己动手开荒种地。中山抗日游击队与大耕家高斌、崖口乡开明人士谭兰芬、谭森等人在鸡头角合股经营耕种稻田，每年可收稻谷 5 万多千克。此后，高斌还同部队合作，在榄边经营米机，兼营酿酒，使部队有一个较稳定的经费来源。每次游击队征收公粮或税款，高斌都带头缴纳，有时部队缺粮，要向他暂借，他都一口答应，从不吝惜。

此外，游击队在战斗中缴获日、伪军和国民党顽军的物资或通过缉私等补充给养，也解决了部队的部分给养。经济收入增加，来源上较稳定，加上战争的缴获，部队的给养有了较好的改善，部队的战斗力得到明显增强，为持续战斗、打击敌人提供了物质的保障。

中山人民抗日武装的后勤工作是随着部队的发展逐步建立起来

中山人民抗日义勇大队粮食总站遗址位于五桂山松埔村，今东区长江水库区内，如今已被淹没

的。部队初建时，由于缺乏经济来源，军需给养短缺，常常用野菜充饥。随着人民抗日武装在战斗中不断壮大发展，抗日根据地不断巩固，部队积极开展统战工作，发动华侨和港澳同胞募捐筹款，向地方实力派借粮借款，征收抗日粮税，游击队基本解决了给养的困难。1943 年春，中山遭受旱灾，大旱持续 140 天，丘陵作物歉收，全县大饥荒。战祸加天灾，一年内仅县城就饿死近万人，全县人口锐减三成。在五桂山抗日根据地，地方党组织和指挥部组织发动五桂山区的抗日部队、民兵、干部、党员和基本群众积极进行开荒生产，广种水稻、杂粮、瓜果等；发展养殖业；通过发展生产，改善军民生活，使五桂山根据地安然度过 1943 年的大灾荒。这一年，五桂山根据地还经常遭受敌伪的"扫荡"，虽然一些土地上的庄稼受到损害，但在军民共同努力下，抗战军民很快又补种上各种杂粮。生产搞好了，生活改善了，军民关系也更密切了。

1944 年 9 月，中山人民抗日义勇大队在石莹桥举办税训班，培训税收工作人员，并先后在五区翠微、东坑、三乡和二区沙溪建立了税站。郑募生、蔡族先后在南溪、东坑收税时被日军杀害。1944 年 10 月和 1945 年 1 月，中区纵队和珠江纵队先后成立。随着部队的发展，军需给养来源的渠道也逐步增多，军需给养的工作机构也得到进一步建立和健全。纵队、支队、独立大队设有军需处或相应的军需机构，下设粮站、税站。

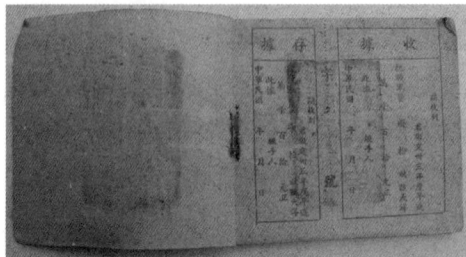

中山人民抗日义勇大队的征粮收据

粮食总站设在五桂山区长江乡松埔村，由冯兰负责。为了适应部队活动需要，其后又陆续在四区的崖口、三乡、乌石、平岚、山区的石门、石莹桥等分设重点站，还在六区、大布、平湖以及泮沙、翠亨、槟榔山、沙岗设立分站。各站管理人员主要是动员当地堡垒户妇女参加，共有30多人。管理方面，采取分散小站安放与大片掌握分配的原则。部队活动到哪里，就在哪里解决粮食给养。在敌人"扫荡"时，工作人员动员群众一起把粮食坚壁，保证了对部队和政权的供应。义勇大队在滨海区崖口设立的粮站，由陈梅春、欧芝、许金焕（肖志刚母亲）、肖翠英、朱兰等负责。从1943年至日本投降前，她们把征收到的公粮、税谷和捐来的谷，发动当地妇女磨谷舂米，还组织人力把粮挑入山区给部队。为免遭敌人发现，运粮都是在晚上进行，每次都要肩挑几十里山路。三乡重点站负责人吴清华在一次敌人"扫荡"时，因转移不及被敌人抓住。被捕后，虽受敌人多次严刑拷打，百般威逼，要她供出粮食存放地点和负责人姓名，但她宁死不屈，英勇就义。

根据地各级民主政权成立后，在发展生产、关心群众生活、开展各项基层建设等方面，都做了大量工作，受到群众的赞扬和拥戴。对加强军民团结合作，共同对敌；对壮大抗日武装力量，发挥群众的抗日积极性，均起到积极的促进作用，从而使抗日部队在敌伪围攻和严重天灾的艰苦日子里，能够克服重重困难，战胜敌人，使根据地一天比一天巩固、一天比一天兴旺。

这一仗，向中山人民抗日义勇大队献礼

1943 年，世界反法西斯战争的形势发生了根本性的变化。欧洲战场苏军节节胜利，意大利政府宣布向同盟国无条件投降，德、意、日法西斯同盟开始瓦解，为中国人民争取抗战的胜利提供了有利的条件。1943 年年底，全国各地的抗日斗争开始进入新的发展时期，在中国共产党的领导下，抗日武装力量不断壮大，各抗日根据地和解放区迅速扩大。中山的抗日斗争也同全国战场一样，五桂山抗日根据地建立以后，中山游击队在战斗中不断发展、壮大自己的力量，很快从最初的两个中队 90 多人发展到 7 个中队 320 多人。

在五桂山抗日根据地日益巩固、全县抗日民众运动日趋高涨的形势下，为进一步加强对中山人民抗日斗争的领导，南番中顺游击区指挥部决定建立一支独立自主的、在人民群众中更有威望的、有公开番号、内部由中国共产党领导的地方部队——中山人民抗日义勇大队。

1943 年 12 月 31 日，在义勇大队成立前夕，南番中顺游击区指挥部精心布置了一场袭击南朗伪军据点的战斗。南朗是岐关公路东线、五桂山外围的一个重镇，是游击队外出活动的主要通道之一。南朗安定村后山的安定学校内有一座两层的钢筋混凝土结构的楼房，四面陡坡，地势险要，是控制南朗镇的制高点。1943 年冬，敌伪军经受五桂山区抗日游击队的连续打击后深感威胁，于是伪军第四十三师师长彭济华从石岐调来一个营进驻南朗，安定学校作为伪军控制五桂山区的据点。伪军四十三师一二八团三营黄光亚部共有官兵 230 多人，配备美式装备，还配有轻重机枪 12 挺、掷弹筒 6 具。该部在营房四周挖有弯曲的交通壕，修筑了地堡；学校外边还有木桩、铁丝网等障碍物；门口设了两个岗哨，有哨兵日夜巡逻，警戒

出击南朗大获全胜暨义勇大队成立报道

森严。这据点被彭济华吹嘘为"攻不破的金汤"。

为了挫敌锐气，1943年12月31日深夜，谢立全率逸仙大队、中山抗日游击大队的部分主力，以及刘震球的民兵集结队120多人到安定乡分三路向敌营房袭击。时值元旦，伪军狂欢刚过，个个酒醉兴阑，突然一声枪响，游击队击毙了敌哨兵，揭开了三面强攻的序幕。经过四个小时的激烈战斗，游击队前后发动了三次强攻，终于攻占了敌人的营房。是役共毙伤伪营长以下官兵20多人，俘虏伪连长以下官兵15名，缴获机枪3挺，掷弹筒4具，步枪60余支，短枪2支，子弹5000多发，掷弹筒弹90多发，以及其他物资一批。游击队的手枪队副队长黎源仔及队员黎少华，在抢占敌营房时不幸牺牲，另有6人负伤。1944年元旦凌晨4点30分，战士们带着缴获的战利品凯旋，为中山人民义勇大队的成立献上一份厚礼。

1944年1月1日，中山人民抗日义勇大队公开宣布成立，同时发表《成立宣言》。宣言开宗明义地阐明建队宗旨："坚决打击敌伪，积极准备反攻，争取抗日胜利，实现孙中山的遗教，建立独立自由幸福的新中国、新中山！"宣言指出："我们是中华民族的一分子，我们是中山的人民。在这时局紧急关头，不能不起来担负坚持抗战、保卫乡邦，解除同胞痛苦的责任。这是我队成立的第一个理由。""我们从三年来斗争的痛苦经验中，已熟悉了反动分子、投降分子违反人民利益的真面目，我们中山人民要救自己、要救国家，就只有靠各地抗战团队的团结与自己的努力，只有依靠从人民中生长起来，为人民生、为人民死的军队。这就是我队成立的第二个理由。"

五天粉碎日、伪军原定一个月的"十路围攻"

1944 年春节前，日军 1000 余人（其中骑兵 100 多名），伪军第四十三师、第三十师和五个护沙总队，合共 8000 多人，拟分兵十路（合水口、白企、灯笼坑、鳌溪、长命水、石鼓挞、永丰、崖口、白石、马溪）围攻五桂山区，用一个月的时间对抗日根据地进行大规模的"万人大扫荡"。

南番中顺游击区指挥部预先获得有关情报，于 1 月 23 日（农历十二月二十八日）在石莹桥召开紧急军事会议，作出"全面牵制、击敌要害、歼其一路、动摇敌阵"的作战方针；决定主力部队在石莹桥附近的山岭上，伏击从牛爬石进入的日、伪军，另一部从内线转到外线，袭击石岐、唐家日、伪军据点；刘震球民兵集结队和长江乡民兵队分别在日、伪军进入根据地的路段，采用阻击战、伏击战、麻雀战等战法，阻击和牵制日、伪军。当时，在五桂山区的人民抗日武装有 600 余人、民兵 100 多人。从大除夕开始，整个农历新年，义勇大队、逸仙大队和地方党组织、民兵集结队及山区的群众都投入到紧张的战前准备中。

石莹桥一带地势险要，正面是大帽山，山上有间华光庙，山的左侧和右侧各有一座小山丘，沿着弯曲的小溪而来的山路正好被两侧的山丘夹住，形如口袋，是伏击的最佳点。1 月 30 日晚（农历正月初六晚），指挥部指挥林锵云、

粉碎日、伪军"十路围攻"主战场遗址（大帽山）

副指挥谢立全率领三个中队把住侧后方的口袋位置；副指挥兼参谋长谢斌带着两个中队埋伏在正面的丛林中；逸仙大队大队长黄鞅（黄健胞弟）率领一个中队和手枪队布防于石莹桥附近的大帽山左侧制高点，埋伏在右侧的是友军钟汉明部队的一个大队①，义勇大队大队长欧初、副大队长罗章有带领预备队埋伏在华光庙后山腰，以作策应。1月31日（农历正月初七）清晨，日、伪军从石岐、南朗、翠亨、三乡、唐家等驻地倾巢而出，按原定计划向五桂山区发动"十路围攻"。

进犯石莹桥的一路日、伪军近千人，分成两个梯队经牛爬石进入石莹桥。友军钟汉明部临战怯敌，在日军尚未进入伏击圈时就胡乱放枪撤退。目标过早地暴露，伏击战变成遭遇战，战场的形势顿时转为对游击队方不利。为挽回局面，逸仙大队大队长黄鞅当机立断，下令战士集中火力阻击敌人，争取时间，让指挥部调动兵力。欧初、罗章有即率领部队冲向华光庙右侧将缺口堵住。原部署在右侧后方的三个中队迅速转移到正面与敌人交火。敌伪军的两轮冲锋均被击退。受到阻击的日军无法前进，便用山炮向游击队的阵地猛烈轰炸。一个炮弹落在正在指挥战斗的黄鞅身旁，这位年仅22岁的年轻指挥员的鲜血洒在了大帽山上。

黄鞅英勇作战，总是冲锋在前，在1942年打击李辅群势力的战斗中，他奋勇抗敌，直至左手臂中弹负伤。由于伤势较重以及当时医疗条件有限，黄鞅最终成了独臂英雄，从此只能靠右手行动。伤残丝毫没有动摇黄鞅的抗日决心，他泰然地说："左手残了，还有右手，要抗战胜利是需要付出代价的！"

战斗至下午，日军不但未达到"十路围攻"的目的，反而遭到杀伤，便无心恋战，抬着十多具尸体，扶着伤员撤退。义勇大队游击小组和刘震球民兵集结队、长江民兵队等运用麻雀战，声东击西，有效牵制了其余各路进犯的日、伪军。他们还挖断公路，毁坏大环

---

① 钟汉明是中山国民兵团第一大队大队长，部队驻守南坑，抗日战争时期同人民抗日游击队有联系。这次敌人来围攻，他主动要求参战，双方经过协商，由南番中顺游击区指挥部指挥，共同抗敌。

桥和上栅桥，切断沿路电话线，使各路日、伪军难以互相接应。从南朗进犯五桂山区的一路日、伪军，因在合水口被刘震球民兵集结队所牵制，连续三天不敢前进。进犯长江的一路敌人受到长江民兵队的伏击、袭击，亦无法进入目的地，只好趁天未黑，退回南朗据点。

指挥部抓住日、伪军各路进攻的兵力都受到牵制而无法互相接应且后防空虚的战机，派义勇大队大队长欧初、副大队长罗章有各带一部精干小部队，从内线转到外线，插入平原地区，与二区黄石生、周增源部队和六区民兵一起，乘虚袭击日、伪军在石岐和唐家的据点，并破坏其通信联络系统。

进入五桂山的各路日、伪军四处挨打，行动困难，疲惫不堪。加上五桂山区群众于战前已配合部队坚壁清野，日、伪军进山后得不到粮食，且供给无法补充，只能半饥半饱，士气低落。由于后防告急，日、伪军于2月4日晚全部撤离五桂山区，退回石岐、唐家等地，他们原计划需时一个月的"十路围攻"，仅五天就被人民抗日武装打碎了。

粉碎日、伪军"十路围攻"的胜利，打击了日、伪军的士气，保卫了五桂山抗日根据地人民的生命财产，提高了军民抗战必胜的信心。

抗战时期的珠江口活跃着一支海鹰尖兵

珠江三角洲被狮子洋和珠江口分隔，东面为东江地区，是东江纵队活动的区域；西面中山、顺德、番禺、南海等县，是南番中顺游击区指挥部的部队活动区域。1942年春，中山抗日游击大队在五桂山区建立抗日根据地时，进行了一系列的锄奸反霸活动，控制了五桂山周围的大部分地区，并建立了与东江纵队等联系的海上交通线。但是，由于地处水上交通要道的珠江口和沿海岛屿是日、伪军从广州至香港的水上交通要道，因而日伪海军长期控制了珠江口。在伶仃洋面，日炮艇、电船横冲直撞，珠江口一带岛屿则为匪霸盘踞。他们勾结日伪，肆意劫掠来往船只，勒索渔民，拦截五桂山区部队与东江纵队的海上交通船只，对五桂山抗日部队海上活动极为不利。

指挥部认为，游击队必须建立海上武装力量，打击海上敌伪匪，保护渔民，同时也确保联系通向东江、顺德的水上交通线畅通无阻。经过一段时间的筹备，1943年3月，中山抗日游击大队海上游击小队（又称"海鹰队"）正式建立，卢少彬担任中队长。海上游击队建队初期活动在崖口沿海一带，全队只有十多人，一挺机枪，十多支步枪，没有船，干部战士连航海、潮汐、气象、水文等基本知识也不懂。

渔民害怕日、伪军报复，都不敢与海上游击队接近。但指挥部和大队官兵耐心教育渔民，关心他们的疾苦，坚决依靠群众。在当地渔民的帮助和支持下，开展海上练兵，经过一段时间的艰苦训练，逐渐熟悉了水性，掌握了操作船只技术，习惯了水上生活，成为活跃在珠江口一带的"海上轻骑队"。海上游击队担负着武装护卫渔民出海生产、打击敌军的重任，并负责五桂山区抗日根据地海上交通等任务。

1943 年秋季渔汛，海盗四出抢劫渔船，渔民不堪海盗侵扰，纷纷要求海上游击队保护。卢少彬指挥海上游击队出动两艘船，武装护卫渔民生产。

一天，当渔民正在拉网打鱼时，突然有三艘海盗船

海上游击队

来了，海上游击队立即靠近海盗船向其猛烈射击。一艘海盗船上的几名匪徒被当场击毙，剩下 4 名匪徒，连人带船被俘获，其余两艘海盗船见势不妙，赶忙往淇澳岛方向逃去。指挥部为表彰海上游击队初战告捷，将其命名为"海鹰队"。

淇澳岛是珠江口内西侧的一个桑叶形小岛，面积约 16 平方千米，东距内伶仃岛 13 千米，北与虎山相对，西距海鹰队驻地崖口乡 16.6 千米，是五桂山区抗日根据地的海上屏障和通往宝安县的必经之路。岛上的恶霸谭兆文勾结日军，当上了伪乡长兼伪自卫队长，纠集自卫队员 40 余人在岛上横行霸道，抢劫过往船只，阻碍五桂山区与东江纵队的海上交通。为了消灭这伙盘踞在岛上的匪帮，解放淇澳岛人民，保卫海上交通线，指挥部决定攻打淇澳岛。

1944 年 2 月，指挥部派出义勇大队白马中队与海上游击队密切配合行动，派出一个小分队潜入岛上做内应，其余化装成渔民随船出发。当船靠近岛时，战士们立即冲上岸包围了自卫队，里应外合，迅速取得了战斗的胜利，缴获长短枪 20 多支，解放了岛上 400 多户渔民。从此，珠江口一带东至蛇口、沙井、黄田，南至香洲、澳门，西至番禺等海上的交通航线为海鹰队所控制。

海鹰队在战斗中成长壮大，建队不到一年，队员已发展到六七十人，全队已拥有三艘大木船和一艘机帆船，两艘小船，每艘船配有轻机枪一挺，其中一艘船还配备了一门平射炮。海上游击队多次出击伪军、海盗获得胜利，护卫渔民出海生产，沟通五桂山抗日根据地与东江军政委员会和东江纵队的联系，多次顺利完成护送来往人员和情报、文件、物资等任务。

这一役以少胜多，战例曾写进解放军教材

1944 年 7 月 1 日，南番中顺游击区指挥部根据中山地方党组织提供的情报，由谢斌指挥逸仙大队民族队 30 多人，在五桂山外围的芋头山伏击日军第九旅团通信班的军车。是役除一名日军逃走外，其余 10 名日军被击毙，击坏军车 1 辆，缴获步枪 9 支、轻机枪 1 挺和文件一批。指挥部即将缴获的日军文件送交东江军政委员会。

日军并不甘心失败，即从江门、广州等地调来 1000 多名日军、军马 100 多匹、山炮 6 门，向翠亨至石门九堡、长江至大寮、马溪至旗岭、石莹桥和槟榔山，发起报复性的"四路围攻"。7 月 3 日晚，指挥部接到石岐情报站送来的情报：晚 6 时，1000 多名日军集中在石岐天字码头，由一个大佐指挥，从石岐出发，分四路围攻五桂山区。指挥部获得情报后，当即召开军事会议，研究部署反围攻，当下决定集中主力，利用有利地形，伏击日军之一路，辅以多处伏击、袭扰其余三路，以有效牵制和杀伤敌人。谢斌、刘田夫、梁奇达带领逸仙大队民族队和雄狮队两个作战单位，负责保护指挥部机关和地方党领导人及训练班人员，由欧初、罗章有带领义勇大队仲恺队、黄蜂队和连排干部训练班、班排干部训练班分别抢占四个制高点，负责迎击进入指挥部驻地田心村之一路敌人。其余以中队为核心，再分成多个战斗小组，避免与敌人正面接触，分散开展"麻雀战"以扰乱敌人，拖住各路敌军。

7 月 4 日凌晨，从集结地石岐分四路向五桂山区疾进的日军已接近目的地。当日军从石门进入翠亨时，义勇大队仲恺队、黄蜂队、连排干部训练班早已登上各自的阵地，占领制高点，严阵以待。这路日军 100 多人，在炮火掩护下，沿着石门村前稀疏的松林发起进攻。此时，天空黑云密布，下起滂沱大雨。罗章有带着仲恺队的两个排

粉碎日军"四路围攻"战场遗址途经的旧岐关公路

占领了第一制高点张蟛蜞后山，当敌人前卫排由一个少佐带领着进入游击队的伏击圈时，罗章有命令先放过敌人头先部队，集中力量攻其大部。当大部队进入单边田基路时，敌人队形完全暴露在有效射程内，罗章有即令步枪、机枪齐发，一下子伤敌十多人。敌人见到受阻击，退回张蟛蜞村边的竹林里企图抵抗，不料遭到义勇大队埋伏，敌前卫排包括少佐指挥官在内全部在竹林里伤亡。敌人又花近两个小时重新布置、组织进攻，占领张蟛蜞后山北面的制高点，并在贺屋后山布置重机枪和山炮阵地，从右边抢占剑首山，企图从右边突围并从两面封锁游击队出山口的退路。

日军在贺屋禾坪岗布置四门山炮，连轰数十发炮弹后，接着用轻重机枪和掷弹筒猛烈向仲恺队阵地射击，并从左、右两边以火力配合夹攻。从正面进攻的敌人，以数百兵力的优势进行强攻，但仲恺队占据了有利地形，沉着对战，来一个打一个。从早上7时战斗到10时，经过激烈的火力较量，仲恺队凭着地理优势和顽强的斗志打退了敌人的三次进攻，大量杀伤敌人。

敌人继而向连排干部训练班所占领的第二个阻击点龙舟地后山发起攻击。该山头海拔约230米，坡度约80度，十分陡峭。游击队居高临下，敌人爬上一个就打一个，战斗了三个多小时，一连打死敌军20多人，游击队无一伤亡。下午1点半左右，敌人接近阵地时，游击队互相掩护，转移阵地。敌人分十多路向第三阻击点发起进攻。这时，狂风刮起，乌云骤至，黑压压的，不一会儿，大雨滂沱，伸手不见五指。敌人冲至近 30 米时才隐约可见，游击队员立即还击，先后打退敌人多次进攻。杨社带领的班排干部骨干有丰富的战斗经验，尽管天气恶劣，战士们又大半天没有东西下肚，然而为了打败日本侵略者，他们战斗得特别顽强，打退敌人一次又一次的进攻，敌人始终未能越雷池半步。

敌人此役是为了报复而战，进攻特别凶狠，一次又一次地疯狂反扑。最后，敌人冲到了阵地前，把班排训练班的战士包围了起来，刺刀刀芒闪烁，游击战士与之勇敢肉搏。最终，日敌死伤数十人；游击队指导员黄芝右手被打断，班排干部牺牲 8 人，重伤几人，22 人剩下六七人。队长杨社一直打到子弹没了，才一翻身顺着陡崖翻滚下山回去汇报。

与此同时，逸仙大队的战士们凭借着雨幕，边打击敌人，边保护学习班和后勤人员向后面山头撤退。在雄狮队掩护地方党组织领导人向槟榔山转移途中遭遇日军，他们即以密集的火力压制日军。日军不敢再进，雄狮队遂掩护地方党组织领导人改道向谷镇龙井村转移。突然，一股敌人跟踪而至并妄图切断后撤部队的退路，掩护撤退的麒麟队奋勇迎敌，最终把日军击退。

此时，敌人依仗人数和火力的优势，向游击队的第四个阻击点发起攻击。欧初、罗章有等英勇击退了日军的数次冲锋。正在鏖战之中，另一路增援敌军赶到旗岭后山占领了制高点，义勇大队顿时腹背受敌，形势十分不利。正在这危急关头，谢斌派雄狮队及时赶到，从旗岭后山两侧夹攻日军，负责主攻的指战员们越战越勇，在雄狮队的配合下，一鼓作气，把日军打得无法招架。此时，天色开始转暗。敌人连续两天舟车劳顿和急行军，加上被游击队的小部队阻击，打了一天才攻了几个山头，因而不敢恋战，不得不抬着七八十具尸体撤退。其余两路日军也因遭到指挥部派出的游击小组在大寮、槟榔山采用地雷战、麻雀战所阻击，寸步难行，只好连夜撤出山区。日军来势汹汹的"四路围攻"计划，在人民抗日武装的沉重打击下再次失败。

是役，游击队以不到 200 人的兵力应付 1000 多名日军，毙伤日军少佐以下官兵七八十人并取得辉煌胜利，成为中山人民抗日游击队打击日本侵略者以少胜多的著名战例。此战例在新中国成立后曾被写入人民解放军的军校教材中。

日军既达不到消灭游击队的主力的目的，又大伤了自己的元气，只好拉队撤回广州、江门、肇庆等地。抗击日军"四路围攻"的胜利，对五桂山抗日根据地的巩固和发展具有重要意义，为五桂山抗日根据地赢得了较长时间的平静。人民抗日武装抓住机遇大发展，到 1944 年 9 月，义勇大队由原来 300 多人扩充到 1000 多人。中区纵队、珠江纵队和"三三制"的县级抗日民主政权，也是此役后在五桂山先后成立的。

"革命饭"与"英雄虱"

中山人民抗日武装部队从建队之初，中共南番中顺中心县委及中山县委就先后派欧初、谭桂明、梁奇达、杨子江等负责部队的政治思想工作，在连队建立了党支部，充分发挥党支部的战斗堡垒作用和共产党员先锋模范作用。通过经常性的政治思想教育和对队伍的整训，利用战前动员、战后休整或战斗间隙对指战员进行形势教育、爱国主义教育、革命英雄主义教育、"抗战、团结、爱民"的宗旨教育和"三大纪律，八项注意"教育等，使指战员懂得为谁当兵、为谁打仗，树立为中华民族解放事业英勇献身的思想，对争取抗战胜利充满信心。

各级党委、党支部十分注重在艰苦环境条件和战斗中发现积极分子，通过培养和训练发展党员。1944 年，义勇大队党委共发展党员 200 名。共产党员冲锋在前，退却在后，哪里有困难、有危险就奔向哪里，成为部队艰苦奋斗、遵守纪律和英勇杀敌的模范。在敌后抗日游击战争中，部队经常处于给养缺乏的极度艰难困苦的条件下，只有吃杂粮甚至以蕉头野菜充饥；穿的是补丁加补丁的破衣服；寒冬腊月不仅没有鞋穿，也没有棉袄、棉被，只以甘蔗叶、稻秆御寒。

由于生活艰苦，营养不良，许多指战员都患上夜盲症和疟疾，身上长虱子。部队根据实际情况，积极想办法到国统区做生意，带领战士开办小农场等解决给养困难；同时进行经常性的艰苦奋斗教育，讲红军长征、爬雪山、过草地的优良传统，使指战员的思想觉悟不断提高，革命人生观更加明确，在艰难困苦中毫不动摇，充满革命乐观主义精神。战士们风趣地说："我们吃的是'革命饭'，生的是'英雄虱'。"

"岳阳楼""纽约桥""五层楼"，
每个代号都有故事

说到代号，你会想到什么？是人类历史上首次使用的核武器"小男孩"？还是谍战剧里的"老鬼""鼹鼠"？事实上，在战争时期，出于保密的考虑，使用代号是很寻常的事。在中山的抗日战场，也有这样几处充满神秘色彩的地方，它们的背后都有着精彩的故事。

南朗镇白企村合里瓦屋村3号有一栋连体建筑，左侧建筑为砖木结构，硬山顶，青砖墙，内用木板隔成上下两层，檐墙上部有花卉、水果灰塑；右侧为高两层的砖混结构碉楼建筑，大门上方有花卉灰塑装饰，女儿墙上有双喜字样图案。这栋建筑物建于1923年，坐西向东，面阔9.35米，纵深9.8米，面积约92平方米。20世纪40年代，这里曾是抗日民主政权中山县行政督导处的办公地址，代号"岳阳楼"。在此之前，这里是中山抗日游击大队的办公地址。

1941年年底，中共南番中顺中心县委作出发展中山、开辟五桂山抗日根据地的决定。1942年年初，欧初、卫国尧、谭桂明等人带队到五桂山开辟抗日根据地。同年5月，中山抗日游击大队成立，合里瓦屋村3号成为大队部。1944年春，南番中顺游击区指挥部根据指示，结合珠江地区敌后抗日游击战争的实际，作出《关于政权工作的决定》，并以中山五桂山区为珠江地区的先行点，首先建立抗日民主政权。10月，中山县抗日民主政权督导处成立，督导处办公地址设于此楼。

1944年1月，中山人民抗日义勇大队成立。义勇大队举办了多期训练班，培养抗日人才，包括青年训练班（代号"纽约桥"）、妇女训练班（代号"伦敦桥"）、中小队干部训练班（代号"麒麟队"），等等。"纽约桥"举办于长江水库内的大寮村，班主任由欧初担任，指导员是流星队（文工团代号）队长黄昌曦，授课老师有梁奇达、杨子江、吴子仁、张彬、郑潮秀等，分别主讲部队史、抗战形势、青年问题、中国近代革命运动史。

"纽约桥"是欧初为学习班起的代号，因训练班成员以港澳青年和华侨子弟为主，希望他们能起到沟通家乡和海外的桥梁作用。"纽约桥"先后办了三期，学员大都留在流星队工作，也有一些被分配到部队当文化教员，或到平原经商、教学，做群众工作，个别返回澳门担任部队的对外宣传和联络工作。其中胡兆基、陈君芝、郑诚之、赖冠威、郑秀在抗日战场上献出了宝贵的生命。

宣传和发动群众是共产党和党所领导的军队政治工作的重要内容。中山县行政督导处成立后，编辑出版了《新中山报》。报名由珠纵司令员林锵云题字。报社由曾谷直接领导，郑振负责编辑出版工作。编辑部设在合水口里村，代号"五层楼"。1945年8月15日，《新中山报》在锣鼓村出一期《号外》，报道日本无条件投降，还刊登了珠纵一支队对乡亲父老的文告。

抗战时期，游击队的交通情报工作十分出色

　　抗日战争时期，许多情报工作者凭着对国家、人民的满腔热忱和坚定信念，不畏艰难险阻，战斗在隐蔽战线上。有的为此献出了宝贵的生命。

　　全国抗战初期，中共中山组织在各区建立了一批地下交通站点，每站常驻人员三四人。1943年秋南番中顺游击区指挥部移师中山后，交通情报网络进一步健全。情报的来源，主要是地方党组织、爱国人士、乡政人员。搜集情报的方式多种多样，有以教师、商贩、工人等社会职业为掩护搜集敌情的，有派员打入伪军、政府内部了解敌情的，如指挥部派员打入伪军第四十三师参谋部、伪江防指挥部，还有打入日、伪军的印刷厂的。情报工作人员间一般是单线联系，不发生横向联系。有些情报人员被指定与某处或某人直接联系，便于部队领导及时掌握日、伪军的情况和动向。两次横门保卫战取得胜利，正是离不开情报人员的前期侦察。

　　1943年夏，中山抗日游击大队在五桂山建立了交通总站，代号"白鸽队"，总站站长容海云，副总站长容耀华，其任务是沟通地方党组织及抗日游击队上下级之间的关系，传送信件、报纸、刊物和枪支、弹药、衣物，护送来往的干部，为武装人员带路，负责来往人员的食宿、安全，等等。1944年10月，白鸽队改编为中区纵队交通总站，容海云任总站站长，分站站长有杨芙、杨淑卿、杨日松、冯惠娟、潘仲、唐惠芳、周雪贞、李子芬等。

　　在五桂山区通往平原地区的主要出口处（如长江、石门、合水口、灯笼坑树坑村、福获、箐箕环等村庄），一区濠头（石岐附近），二区龙头环、申明亭，四区崖口、白庙，五区大布、雍陌，九区牛角围、二军等处设有分站。白鸽队全队前后60多人，绝大部分是女战士、

白鸽队队部旧址

共产党员。交通站的任务非常繁重而且危险，各交通分站（点）和经过的交通线，绝大部分设在日伪或国民党统治地区，沿途关卡林立，随时需要应付敌人的盘查。她们机智勇敢，有时雨夜逆流划小艇，有时酷热挑芒越草丛，通过日、伪军的封锁区，一次次顺利完成交通联络任务。

1945年8月9日，交通员周雪贞接受送重要信件到东江的任务，到达宝安黄田时，遇上日、伪军"扫荡"。在万分紧急之际，她急中生智，把信件嚼烂吞下肚去。敌人抓住她后，搜不出信件，便严刑拷打逼供，她宁可肉破骨折，始终不开口，无耻的敌人竟把她的衣服脱光。周雪贞昂首挺立，面不改色。正当敌人的屠刀向她刺来的一刹那，她高呼"中国共产党万岁"。年仅19岁的女共产党员周雪贞英勇就义。

贫农出身的交通员卢八女在护送陈胜和梁棉从顺德乌沙去沙滘回来途中遇敌被捕，敌人对她严刑拷打，要其供出游击队情况。她面不改色，从容挺胸高呼"我是共产党员""中国共产党万岁"。丧心病狂的日军竟将她捆上大石扔进海里。

自白鸽队成立至1945年秋珠江纵队第一支队战略转移东江，女交通员凭着过人的胆量，用鲜血和生命谱写出青春的赞歌。正因为她们的奉献与牺牲，即使在日、伪军的严密封锁下，部队和东江、粤中、广州等地的上级机关、地方党组织的联系才能保持畅通无阻。

1943年春，南番中顺游击区指挥部建立交通情报总站。义勇大队成立后，设立中山分站（代号"烟墩山"）。1944年秋，南番中顺游击区指挥部派员设法取回中共澳门地方组织提供的一部电台。10月上旬，东江纵队司令部派干部伦永谦、吴文辉、余绿波、李子芬到五桂山区协助中区纵队建立电台，伦永谦担任台长。同月20日，电台随队挺进粤中，与东江纵队电台保持联络。

1944 年，中山成立县级抗日民主政权

1944 年年初，全国抗日形势发生了深刻的变化，抗日战争取得节节胜利，大大鼓舞了广大军民的抗日信心。各地纷纷要求建立以抗日民族统一战线为基础的民主政权，以巩固胜利成果，进一步加强抗日力量。

此时，五桂山抗日游击队突袭并全歼伪军四十三师一个主力营后，宣布成立中山人民抗日义勇大队。根据地、游击区 142 个村庄中的 5 万名群众，经过几年武装斗争的锻炼，对游击队的"三大纪律，八项注意"的优良传统和作风深为敬佩。不少客家人踊跃参加部队，五桂山区军民之间的关系日益密切起来。

中山乃至珠江地区的抗日力量不断发展和扩大，需要有巩固的根据地作依靠，也需要有自己的政权去做地方工作，以组织和团结依靠群众，抗日保家，同时解决部队的给养、医疗和兵员的补充问题。在此形势下，中共领导的南番中顺游击区指挥部决定以五桂山区为珠江三角洲地区抗日民主政权建设的先行点。

1944 年 2 月，南番中顺游击区指挥部从刚结束的根据地整风学习班中抽调人员，成立五桂山根据地民主政权筹备处，并派出两支民主建政工作队，深入五桂山、滨海、谷镇等地农村，宣传民主建政的方针、政策。建政工作队每到一个乡都慎重地开展调查工作，物色人员，召开爱国人士、开明士绅和抗日群众代表座谈会，反复民主协商，充分酝酿。经过两个多月的宣传发动及民主协商，根据地按照民主集中制和"三三制"（即共产党员、各抗日党派成员和群众代表各占三分之一）的原则，按照群众民主选举的方法，选举成立乡政委员会，相继成立了合水口、白企、贝头里、长江、石门、石莹桥、灯笼坑等民主乡政权。

抗日民主政权中山县行政督导处暨五桂山抗日民主政权联乡办事处成立旧址

　　五桂山各乡都选出群众拥戴和富有工作经验的中共党员或爱国人士当乡长。在此基础上，各个乡通过群众酝酿和民主选举，选出参加区民主政权代表大会的代表，然后在联乡办事处或区民主政权筹委会主持下，召开区一级的民主政权代表大会，并按民主集中制和"三三制"的原则，选出本区的政务委员会，即区一级的民主政权。同年，五桂山、谷镇、滨海三个区的联乡办事处或民主政权筹委会先后成立，积极筹备召开各界人民代表大会。

　　1944 年 10 月，根据地乡一级的民主政权（乡政府）大部分已建立，区一级的民主政权中，五桂山、滨海两区已成立政务委员会，谷镇区已成立民主政权筹委会，在此基础上，根据地的民主政权——中山县抗日民主政权督导处（简称"县行政督导处"），经南番中顺游击区指挥部批准宣告成立。县行政督导处成立大会在五桂山区石莹桥村举行，100 多名区、乡代表参加大会。中区纵队司令员林锵云、政委罗范群等到会祝贺。督导处组成人员由中区纵队党委提名，并经代表大会通过。组成人员有主任叶向荣，副主任阮洪川，委员陈明、刘震球、凌子云、吴子仁、郑永晖、甘伟光、曾谷。县行政督导处相当于县一级的行政机构，辖 4 个区、55 个乡民主政府和 162 个村庄，下设组织、民政、财经、宣传、文教五个组，分别处理日常行政事务。

五桂山根据地各级民主政权建立后，认真贯彻执行中共中央关于抗日根据地的十项政策指示，在支援部队抗日的同时，积极开展地方的政治、经济、

五桂山区抗日民主政权文献

文化、教育、群众福利等方面的建设。在大力推行减租减息和反"三征"运动的基础上，发动抗日军民开展大生产运动，兴办中、小学教育和民众夜校，发展民兵和集结队等武装组织，等等。从此，根据地一天天巩固、兴旺起来。

在五桂山根据地，妇女能顶半边天

　　有一句耳熟能详的话叫："战争让女人走开。"实际上，这只是面对战争带来的巨大伤害时人们善意的想象。在残酷的战争面前，尤其是民族存亡的关键时刻，女性并没有"走开"的选择。正如毛泽东在延安中国女子大学开学典礼上所说，"假如中国没有占半数的妇女的觉醒，中国抗战是不会胜利的。妇女在抗战中有非常重大的作用：教育子女，鼓励丈夫，教育群众，均须要通过妇女；只有妇女都动员起来，全中国人民也必然会动员起来了。""全国妇女起来之日，就是中国革命胜利之时。"

　　在中山的抗日战争中，许多妇女和男子一样，在硝烟弥漫的战场上冒着枪林弹雨冲锋陷阵，舍生忘死，流血牺牲；在后方，送子送郎参军参战，照顾伤兵，捐钱捐物援战。她们为抗战的胜利作出了卓越的贡献。

　　情报工作是获取敌情、传递信息的重要一环。1943年夏，中山抗日游击大队在五桂山建立了交通总站，代号"白鸽队"。白鸽队前后60多人，绝大部分是女战士、共产党员。总站站长容海云出生于1923年，其时不过20岁，却已是一名有四年党龄的党员，拥有丰富的对敌作战经验。她曾参加袭击大良城之战，并在西海、路尾围一带做妇女工作，动员、培育妇女参加敌后抗日战争。1941年，她被调到中山九区，在牛角、石军、乌沙一带，配合党的武装开展群众运动，培养妇女干部。因工作需要，欧初与容海云两人起初以兄妹相称，后日久生情，于1943年结为伉俪，从此相濡以沫数十年，互相扶持，共同革命。

　　交通站的任务非常繁重而且危险。各交通分站（点）和经过的交通线，绝大部分设在日伪或国民党统治地区，沿途关卡林立，随

时需要应付敌人
的盘查。凭着过人
的革命胆量，女交
通员一次次完成
交通联络任务。

五桂山抗日
根据地成立后，
十分重视开展妇
女运动（简称"妇
运"）。1942 年

南番中顺临工委妇女干部训练班旧址

8 月，中共组织安排谢月香返回五桂山区灯笼坑，以教书为名开展
群众工作和负责合水口、灯笼坑、白企、石门一带的党组织工作。
从县到区、乡，都有女党员参加领导专责抓妇女工作。1943 年年初，
上级党委派南番中顺中心县委妇委书记谭本基到五桂山根据地领导
民运和妇运工作。1944 年下半年至 1945 年春，五桂山区、滨海区、
谷镇区等相继成立了区妇女会，在民主政权工作的谢月香、方群英、
程志坚、郑迪伟、王河、谢月珍、李子英等，积极组织、发动妇女
参加社会活动。中共五桂山中心支部成立后，着力抓山区的妇运工
作，还在合水口举办了一期专职民运工作的妇女干部训练班，促进
了妇女运动的全面开展。五桂山抗日根据地的大部分乡、村也成立
妇女会、姐妹会，开办识字班、夜校等，组织广大妇女起来支援抗
日游击队，开展拥干爱兵、优待抗属的活动，在根据地形成拥军爱
军优属的热潮。

1944 年 4 月制定的《五桂山区联乡办事处施政要则草案》第八
条明确规定："从政治、经济、文化上提高妇女之地位，禁止压迫
和虐待妇女，普及妇女教育，鼓励妇女积极从事社会活动，确定妇
女有参政之选举和被选举权。"从法律上保证和确立了妇女的地位，
许多束缚妇女的封建习俗，如寡妇不能改嫁、童养媳、溺女婴、买
卖婚姻等陋俗也得到逐步改变；根据地提倡自由恋爱和集体举行婚
礼，妇女参加各乡夜校和识字班等的新风气逐步形成。整个山区都

呈现出一片欢乐祥和的景象。

妇女会、民兵等群众组织成为当时部队活动、发展、壮大和打击敌人的依靠力量。部队驻到哪里，哪里的妇女就立即腾出房子、用具，筹集粮食、柴草给部队；当部队出击敌人，就为部队担谷、运送缴获物资和伤病员；当部队出击回来，就送茶、送饭、护理伤员。每逢节日，都把糕点、鱼肉送给部队，慰劳子弟兵；平时还帮助部队种瓜种菜，舂米、找柴草、煮饭，为战士缝洗衣服；有的还主动佃耕一些稻田，把收获的谷子全部献给部队。

在妇女骨干的带动下，根据地掀起了母亲送儿子、妻子送丈夫、姐妹送兄弟的参军热潮。乌石乡妇女会副会长邓惠珍带头送儿子郑达明参军，她给儿子手表和金戒指，嘱咐儿子在困难时使用。1945年3月8日，五桂山抗日根据地妇女召开"三八"妇女节庆祝大会，烈士杨日韶的母亲谭杏在大会上发言，鼓励妇女要为抗日救亡保卫家乡贡献力量。

在艰苦战斗的岁月里，当敌、伪、顽、匪联合组织"扫荡"山区时，许多年轻妇女和老伯母为保护部队领导、战士及伤病员的生命安全，把个人安危置之度外。分布在各乡村活动的税站、粮站、医疗站、情报站的游击队员都被所在地的老伯母和侨属想方设法掩护。妇女们还紧密配合部队打击敌人，成为抗日游击队的坚强后盾。

一座小教堂带出一段统战佳话

中山市南朗镇石门路村 2 号有一座天主教堂，这是一栋两层楼的混凝土结构的建筑。岁月流逝，这座小教堂在今天看来并不起眼，与普通的中式旧民房没有什么区别，但在抗日战争期间，这里却是中山人民抗日义勇大队领导欧初、杨子江常开展统战工作的地方。也是在这里，上演了一段中山与澳门携手抗日的佳话。

2008 年，这里被中共中山市委公布为第三批革命遗址，并定为党史教育基地。

九一八事变发生后，葡萄牙政府在中日之战中保持"中立"立场，澳门作为葡萄牙海外管治地区，也成为不受交战国任何一方侵犯的"中立区"。香港沦陷后，澳门的这种特殊的政治、地理环境使周围形形色色的派别势力乘虚而入。当时在珠江三角洲一带活动的部分国民党党政军官员、地方实力派、土匪等纷纷涌入澳门，明争暗斗，都想夺得一块立足之地。尤其是以日军为后盾的土匪头子黄祥，倚仗日军势力，在澳门打劫勒索、扰乱治安。

对此，澳门当局倍感焦虑，却因处境维艰、军力单薄而深感不力。而此时，中国共产党领导的中山敌后抗日游击战争蓬勃发展，人民抗日武装的影响日益增大。随着五桂山区抗日根据地的日益巩固和军事力量的不断壮大，驻五桂山的抗日部队在澳门地区的影响也逐渐扩大。澳门当局也希望能借助五桂山的抗日武装力量，遏制日、伪、土匪等势力。驻五桂山区的南番中顺游击区指挥部决定抓住有利时机，利用澳门"中立区"这一特殊环境，开展对澳葡当局某些人士的统战工作，在动员和团结澳门同胞参加抗日部队的同时，为抗日游击队在军需给养、医疗卫生、交通联络等方面创造一定的有利条件。

石门路天主教堂

石门路是五桂山区内的一座偏僻小山村，抗日战争时期村里大多数的村民都信奉天主教。1943年年底，澳门天主教会派葡籍安神父到石门路村的天主教堂向教徒传教。安神父到达山区时，正值中山人民抗日义勇大队成立。抗日根据地浓郁的抗日气氛和军民一家的鱼水情，使得他对共产党所领导的抗日游击队好感倍增。

游击队派人同他交谈，了解到他与三乡女西医刘帼超是好友。刘帼超是一名天主教徒，抗战前就从澳门到三乡行医。她思想进步，支持游击队，多次义务医治游击队伤病员。之后，义勇大队通过刘帼超向安神父传达义勇大队的善意和诉求，安神父表示乐意支持和促成。不久，安神父准备返回澳门，义勇大队派战士护送他回去，并通过他向澳葡当局转交欧初的一封信。信中表示，如果日伪进犯澳门，我军愿予以支援，同时希望双方加强联系、互通情报。经由安神父，中山、澳门之间的合作桥梁得以搭建。

1944年8月初，旅居澳门的中山籍开明人士黄槐通过义勇大队的三乡税站传口信，称澳门的警察厅厅长有事找欧初。黄槐曾在国民党中山县政府任职，在中山、澳门都有一定声望，与欧初的母舅是旧交。欧初请示指挥部后，由杨子江以大队长欧初的名义起草了一封介绍信，派梅重清带着信前往澳门与黄槐会面。随后，黄槐出面安排梅重清与澳葡警方代表慕拉士会谈。通过协商，双方达成以下四项协议：一、为打击扰乱澳门之土匪恶霸，义勇大队同意配合维持澳门外围治安；二、澳葡当局同意五桂山部队在澳门进行不公开的活动，包括发动募捐、筹集抗日经费等；三、同意五桂山部队在澳门购买部分物资，如弹药、医药及通信器材等；四、允许五桂山部队送少量伤病员到澳门治疗。

之后，双方遵照协议，建立了一定的合作关系。澳门的富商傅德荫、严仙洲和吴志强等，积极帮助游击队派去的人员募捐，何贤、何德、李占记共捐得中储券 100 多万元和一批药品。义勇大队派出郭宁、李成俊等在澳门通过严仙洲等征得税款中储券 55 万元。澳门著名爱国人士何贤通过各种方式支援义勇大队。义勇大队在澳门不仅筹得现款，还得到一批急需的药品，解决了珠江地区抗日游击队的困难。

中共地下党员郭静芝、郑秀动员了一批澳门爱国青年参加游击队，为部队购买了一批子弹、医药器材等，并将一部电台从澳门运回五桂山指挥部。这部电台在之后的斗争中发挥了重要作用。义勇大队派阮洪川与澳门名医招兰昌联系，让部队卫生室负责人邓碧瑶到招开设的医务所学习。在名医指导下，邓碧瑶的医护水平大大提高。澳门镜湖医院也收治了游击队的一些重伤病员，并为游击队培训了一些卫生工作人员。镜湖医院的护士李铁、曾环、任艳华等加入了义勇大队医疗队。

1945 年年初，澳葡方面请求驻五桂山的珠纵一支队出兵协助捉拿常在澳门打劫勒索的特务头子"老鼠精"。"老鼠精"是香洲人，身有武艺，枪法很好，被国民党第七战区挺进第三纵队收罗于羽翼下，搜集我方的军事情报。他又纠集一帮歹徒，在澳门作奸犯科，专门抢劫当铺、金铺。经过研究，珠纵一支队在香洲一带广布眼线，智擒"老鼠精"后将之移交澳葡警方。澳葡当局对珠纵一支队的合作十分满意，如约将匿居澳门的通敌分子郑实交给珠纵一支队。

日军驻澳门地区特务机关的首脑黄公杰，纠合了五六百名歹徒，仗着投靠日本和配备的武器精良（多艘武装汽船、机帆船、铁壳船，另有炮、机枪、步枪），不仅在澳门横行霸道，还在伶仃洋面一带大肆抢劫。澳葡当局对他又恨又怕。日本宣布投降后，黄公杰一伙被东江纵队水上部队缴械，后移交至珠纵一支队处置。时澳门当局获悉，立即要求引渡黄公杰回澳公审。

1945 年 8 月 21 日晚，欧初连夜提审黄公杰，审讯毕，即由阮洪川将黄公杰引渡给澳门当局。引渡仪式在澳门东望洋、西望洋两山夹峙的海湾外举行。消息传开，在澳门一带引起震动，当地群众额手称庆之余，对共产党领导下的抗日武装更加敬佩。

群众是游击队生命之源

毛泽东指出："战争之伟力之源在于民众。"人民抗日武装能在中山敌后坚持抗战、开展武装斗争和建立抗日根据地，狠狠打击日、伪军，最根本的是有中国共产党的领导和人民的支持。共产党领导的中山人民抗日武装正是有了中山人民不惜毁家献身的支持和拥护，才能在敌强我弱的情况下以少胜多，以弱胜强，逐步发展壮大。

"山不藏人，人藏人。"战争年代，群众是游击队生命之源。五桂山没有高山密林，地形也不险要，这里之所以能成为抗日根据地，靠的是广大中山人民的支持。

翠亨村谭杏（即杨伯母）的家就是一座坚固的革命红色堡垒，杨伯母不仅支持自己的丈夫和六个子女全都参加了抗日游击队，并先后送了粮食4000余千克帮助抗日游击队解决给养困难，还将自己的金银首饰变卖折现送与部队。她的家成了地方党组织和游击队的秘密据点。游击队的领导林锵云、谢立全、刘田夫及欧初、谭桂明、曾谷等都在她家住过。她的两个儿子都在中山抗日战场牺牲，坚强的她在大儿子杨日韶牺牲后，送大女儿继承弟弟未竟的事业，二儿子杨日璋牺牲了，她又把两个女儿和小儿子送到部队。年过50岁的杨伯也加入了游击队，和青年人一起翻山越岭，管理中山人民抗日义勇大队的钱粮。

革命母亲杨伯母

石门白石岗侨眷贺带，积极支援抗日游击队。她不仅主动借出房子和家具杂物给游击队使用，为战士舂米、缝衣，送茶送饭，收集情报和交通联络，还发动村中妇女上山砍柴割草给部队。从抗日战争的1942年春起至 1949 年 4 月贺婶牺牲时止，游击队一直以她家为联络点。在这漫长的岁月里，贺婶既不嫌麻烦，更不怕连累自己。敌人来"扫荡"时，她冒着生命危险掩护游击战士，救护伤员。无论是领导还是一般战士，她都像对儿女一样爱护和关心。可惜这位伟大的革命母亲于 1949 年 4 月在为部队带情报的途中，与丈夫甘华盛一起被抓，夫妻双双死于国民党反动派的屠刀下。

林 欢

大布村的林欢中年丧夫，含辛茹苦带大的三个儿子都投身共产党领导的革命队伍，她的家一度成为县委的交通站，掩护过不少地方党组织的领导。东南特委书记梁广，中共南番中顺中心县委书记罗范群、委员陈翔南，珠江特委书记梁嘉，中共中山县委负责人梁奇达、关山、司徒毅生等都在她家住过。她积极支持儿子、儿媳的工作。地方党组织领导在她家里开会，她就帮忙把风。游击队在村里集结准备出击敌人，数十人的饭菜、茶水，她保证供应，有一次一昼夜竟送了八次饭。

三乡黄爱的三个儿子和两个女儿都参加了抗日工作。她家也是地方党组织的交通联络站和后勤总联络站。小儿子在番禺植地庄战斗牺牲了，叛徒郑兴又把她的大儿子和女婿抓走枪杀了。她伤心得眼睛哭瞎了，仍坚强地说："为打敌人，死也光荣。"她鼓励儿子郑吉好好工作，别挂念她。

高沙村的麦娴仙的家是党组织的据点和交通站，在漫长的岁月里，她不遗余力，不嫌麻烦，不怕受牵连，冒着生命危险来掩护抗日战士和护理伤病员，被游击战士称为"契妈"（干妈）。为了民族的解放事业，她先后把两个女儿和一个儿子送到抗战部队，还动员自己的弟弟麦明佳和亲侄儿麦铨堂加入抗日队伍，又动员了本村的冯丽婵、何联、麦玉、麦顺等一批青年男女参军。

长洲村的三婆杨振辉的三个儿子黄伟畴、伟波、伟宁都先后加入了革命队伍，她不但没有拖后腿，自己也曾掩护不少游击队干部。

合水口树坑村温四好的家，东桠村的陈雁群家，都曾是游击队的交通站和情报站。还有申明亭乡杨佩娟、张溪河北村的五叔母和何十、大环村的黎伯母、唐家乡的唐伯母胡兰馨等一大批革命母亲，她们不仅支持自己的儿女为抗日事业出力，还帮助抗日游击队做交通、情报、料理伤病员等工作。

崖口村的三个肖伯母也是热心支持抗日游击队的堡垒户。肖伯母许金焕中年守寡，含辛茹苦将四名儿女肖志刚、肖翠英、肖吐、肖翠红养育成人，却将他们全部送到游击队，自己也负担起联络和照顾伤病员的任务，还带动群众支援前线。另一位肖伯母陆友妹虽年过六旬，又缠过脚，没有生育，可仍主动变卖首饰、田产支援游击队。地方党组织的领导关山、司徒毅生和部队的领导谭桂明、欧初等在她家开会时，她负责放哨，还为掩护游击队而专门筑起夹墙。侄儿肖杰华、肖伟华兄弟先后英勇捐躯，她强忍悲痛，继续支持侄女、侄儿媳妇参加革命。还有一位肖伯母叫梁佩瑶，是侨眷。她主动提供住房，热情接待游击队。为了团结中老年妇女，她组织了"婆婆会"，担任会长，积极带动妇女做糕点、缝衣服，支持抗战工作。滨海区的崖口、冲口、田边、安定等村妇女曾义务缝制衣服数百件送给游击队员。

1944 年 7 月，敌人向五桂山发起"四路围攻"，在滨海区王屋村的医疗站掩蔽治疗的两位重伤员须转移，该村一位老太太主动借出自己的长生棺木。不少群众冒着生命危险参加送"葬"队伍，掩护伤员安全转移到谷镇区医疗站继续治疗。

绝不说出游击队行踪，石门 41 人被日军活埋

五桂山根据地的开辟和迅速发展，对于盘踞在珠江三角洲的敌人来说，就好比一把锋利无比的钢刀扎在他们的胸口上，使他们经常感受到重大的威胁，这种情况当然是敌人所不甘心的。从 1943 年起，日、伪军连续发动了多次围攻，如"六路围攻""十路围攻""四路围攻"，等等，妄图依恃其数量和装备上的优势，消灭我军主力，摧毁五桂山抗日根据地。在广大军民的坚强抵抗下，敌人的每一次"扫荡"进攻均以失败告终。

1944 年年初，五桂山抗日游击队一举粉碎日、伪军"十路围攻"，并袭击驻唐家等地的日、伪军。日、伪军恼羞成怒，对游击队进行疯狂报复。同年 7 月 20 日（农历六月初一），驻唐家的日军纠集伪密侦队 1000 多人，由大汉奸梁鼎先、梁孔先引路，从唐家出发，奔赴下栅。那天正值下栅墟日，一些起早赶集的村民在路上便被抓住了。全副武装的日、伪军一到达石门乡，立即把九堡的几个自然村包围起来，挨家逐户地搜查。正在石门张落坑工作的中共党员梁坚来不及转移，也被搜了出来，和群众一起被押往村中心的园岗埔禾坪。也在其中的何芋伯母不声不响地把梁坚拉到自己身后。在她的掩护下，梁坚趁日军不注意，沿着屋前的水沟一直往山上跑，终于脱离险境。

日、伪军在九堡折腾了近两个小时，一个游击队员也抓不到，便把抓来的群众赶到中心地坪处，用明晃晃的刺刀指吓群众。日军队长目露凶光，逼群众说出谁是游击队员。梁孔先兄弟为虎作伥，叫喊："我们是来报复的，你们要放聪明点，只要说出游击队员在哪里，便放你们回去，否则，就把你们统统杀掉。"被抓的群众中青壮老弱妇孺皆有，然而谁也不开口。在父老乡亲愤怒的目光注视

石门九堡惨案公墓

下，梁氏兄弟做贼心虚，怕逗留时间过长，游击队会闻讯前来袭击，便向日军诡称五桂山区群众人人都有双重身份，既是老百姓又是游击队员。日军队长下令将抓到的90多名群众押往下栅外沙（日军驻地）一间不足30平方米的街市亭处囚禁起来。

其间，梁氏兄弟每天都来到被囚禁村民面前威胁一番："你们谁也不准逃跑，若有一人逃跑，就把你们全都杀掉。"他们对村民们严刑拷打，还实行非人虐待，既不给饭吃，也不给水喝，妄图逼群众说出游击队的情况。在饥渴煎熬下，孩子们的哭声也嘶哑了。外沙一女子可怜他们，冒着生命危险送水给村民喝，不幸被日军发现，当场被打死。更有甚者，敌人把青年村民何社土、陈润湖等捆绑在长凳上，往口、鼻里灌水至肚胀，然后用竹杠压腹部，吐出水后再灌。尽管受尽敌人的严刑拷打，坚强的群众仍不吐半字。

面对坚强的群众，日、伪军半点办法也没有，便在农历六月初四早上把抓来的群众赶到外沙的沙滩处。日军把青壮年村民挑出来，赶到挖好的大沙坑旁，再次逼他们说出游击队员的下落。然而，坚强不屈的村民视死如归，痛骂日本强盗和汉奸卖国贼。日军队长歇斯底里地咆吼："你们统统都死了，死了的！"命令日军用刺刀捅向手无寸铁的群众。41名青壮年被日军强行活埋，被活埋的村民中妇女竟占一半。目睹亲人被活埋，村民们悲痛欲绝，有一名妇女当场疯了。

41名群众遇难的消息震动了整个五桂山区，人们义愤填膺，要报仇雪恨，血债血偿，一时间，仅石门乡九堡的几个自然村就有50多名热血青年报名参加游击队。抗日战争胜利后，乡民及侨胞们把死难者骨骸移至翠亨附近山坡，集资筹款建造公墓，并立碑文记载了日本侵略者的凶残、汉奸的无耻，以及41位同胞的悲惨遭遇。总理故乡纪念中学校校长唐颖坡为之撰联："忆昔年敌寇逞凶掘阱生埋惨恸青天挥血泪，幸今日檀侨关切建坊瘗葬泽沾孤骨慰忠魂。"横批"哀比木龙"。1986年1月，旅美华侨谢月瑛女士出资重建公墓。

大布村60多人投身革命，被称中山"小延安"

延安是抗日战争时期中国人民心中的革命圣地。而抗日战争时期的中山县，也有个被称为"小延安"的地方，它就是今天中山市三乡镇的该村。大布村位于石岐南偏东，北望五桂山，南临岐关公路。该村历史悠久，元朝末年，林、黄两姓族人就到此居住，因其地广又平坦，植物繁茂，宛如天然园圃，故称大圃村，俗名"大富"，以祈生活富裕。清乾隆初年改称大布，寓意长寿，沿用至今。

据珠纵一支队支队长欧初回忆，抗日战争时期，大布乡群众基础较好，积极支持中共中山地方组织领导的抗日斗争，因此在整个抗日战争时期，大布乡都作为中共中山县委和中共五区区委的活动基地，也是五桂山抗日根据地的后勤基地，"小延安"的称号由此而来。虽然在严酷的抗日斗争环境中，党组织不可能公开认定它为中山的"小延安"，但这个光荣称号在当年的中山干部群众中广为流传，有口皆碑。

追溯大布村"小延安"称号的由来，不得不提大布学校。大布学校时为现三乡镇大布小学所在地，创建于1934年。走进学校，首先映入眼帘的是学校大门牌坊上所书写的"大布学校"四字。这个校名是国民党元老、曾任国民政府广东省省长的胡汉民于1935年题写的，大布学校深厚的历史底蕴可见一斑。

抗日战争时期，大布学校的领导权一直掌握在共产党人手中，是一所完全由中共中山地方组织控制的学校，因此成为中山

大布村

抗日斗争的坚强堡垒。1937年夏,中共党员梁奇达因在广州从事抗日活动被国民党当局通缉,奉命转移到大布学校任教务主任兼教师,以此掩护革命工作。在大布学校,梁奇达着手组建了中共中山县五区工作委员会。

中山县、区党的领导人孙一之、曾谷、梁奇达、郑少康等都曾在此以教师的身份为掩护进行抗日活动。大布学校还聘请了从延安回来的张扬、陈雪,来自香港的美术家陆无涯,来自广州的作家兼记者陶亦夫等一大批进步教师,传授文化知识,宣传抗日救亡,培育了一批有文化、有理想的爱国学生。据统计,大布学校先后参加抗日战争和解放战争的学生有60多名,英勇献出生命的有7名。

大布乡也是五桂山抗日部队的后勤基地。抗日战争时期,中共中山县委、中共五区区委都以大布为基地,游击队的伤兵医疗站、粮站、交通站、情报站都分布在村中的群众家里。五区伤病员总站设在大布,下有桥头、乌石、平岚、鸦岗、雍陌、平湖、沙岗、白石等分站。据不完全统计,经过总站再分到各分站的伤病员有100余人,大布村内也设有9个点。郑少康家是部队联络站,张萍(莲村)家是党的秘密联络站。此外,交通站、粮站、税站、情报站也在这里设立分站。

大布村群众积极支持抗日斗争,涌现出许多可歌可泣的人物和事迹。如大布村群众林欢,中年丧夫,含辛茹苦带大的三个儿子都投身共产党领导的革命队伍。她的家一度成为中共县委的交通站,掩护过不少地方党组织的领导。地方党组织领导在她家里开会,她就帮忙望风。抗日游击队在村里集结准备出击敌人,数十人的饭菜、茶水,她都不辞辛劳,保证供应。

在五桂山槟榔山村，有一个会议载入历史

1944 年，世界反法西斯战争进入战略反攻阶段，在太平洋战场节节失利的日军陷入完全被动的局面。日本侵略者为打通中国的交通线，接应南洋被困的日军，从 4 月起连续发动豫、湘、桂战役，国民党军队遭遇惨败。河南、湖南、广西大片国土失守，驻广东的日军也积极向北推进，意图与南下日军会合。

日军在进攻得手的同时，也分散了自己的兵力，后方留下了空虚。1944 年 7 月 25 日，中共中央发出《关于东江纵队开展敌后游击战争的指示》，指出打通粤汉路势在必行，东江纵队应本着开展敌后游击战争方针，加紧进行工作。为更有效地牵制日军，以便将来配合全国的战略反攻，中共中央提出了关于创建五岭根据地的战略方针。是年 11 月 9 日，八路军南下支队 4000 余人，由司令员王震、政治委员王首道等率领从延安出发南下。

中共中央关于创建五岭根据地战略方针的提出，使广东敌后人民抗日武装对打败日本侵略者的信心倍增。同年 8 月，中共广东省临委、东江军政委员会在宝安县大鹏半岛土洋村召开联席会议（即"土洋会议"）。

"对这次会议的基本精神是这样领会的：在广东全省范围内放手发动群众，武装群众，开展敌后抗日游击战争，创建新的抗日根据地，发展游击区，把华南敌后抗日游击战争推向一个全面发展的时期。"东江纵队司令员曾生在回忆录中写道。根据广东的抗日斗争形势与中央指示精神，会议作出了《东江军政委员会关于今后工作的决定》。土洋会议还根据中共中央关于创建五岭根据地的战略方针，决定由南番中顺游击区指挥部领导和机关，率领一部挺进粤中，进而向西江、粤桂边及南路挺进。

中区纵队成立旧址、珠江纵队司令部活动旧址（古氏宗祠）

1944 年 8 月 31 日，东江军政委员会决定："南、番、中、顺游击区方面难于归东江纵队统一指挥，有成立中区纵队之必要，决定于最近正式成立司令部，发布宣言，公开接受党的领导。"①

9 月下旬，南番中顺游击区指挥部在五桂山区槟榔山村召开会议（又称"槟榔山会议"）。指挥部领导人林锵云、罗范群、谢立全、谢斌、刘田夫、刘向东、严尚民，和珠江、西江、粤中地方党组织的负责人梁嘉、谢创、冯燊、李国霖等出席了会议。会上，罗范群传达了中共中央的有关指示和土洋会议精神，宣布成立中区纵队和纵队领导成员名单；刘田夫汇报了挺进粤中的准备工作。会议分析了广东面临的严重局势，与会人员一致表示要坚决贯彻执行中共中央的战略方针和土洋会议的精神，组织部队迅速挺进粤中，深入开展敌后游击战争。会议还确定了挺进粤中部队和留下部队的编组及具体行动方案。

10 月 1 日，中区纵队成立大会在五桂山区槟榔山村古氏宗祠召

---

① 中央档案馆、广东省档案馆合编：《广东革命历史文件汇集》甲 38，第 301 页。

开。参加会议的有林锵云、罗范群、刘田夫、谢立全、谢斌、刘向东和珠江、粤中、西江三个特委的领导梁嘉、谢创、冯燊，以及党领导的珠江三角洲各游击队和各级抗日民主政权的干部 100 多人。大会宣布中区纵队成立，司令员林锵云，政治委员罗范群，副司令员谢立全，参谋长谢斌，政治部主任刘田夫，副主任刘向东。下辖第一支队 ①、第二支队、挺进粤中大队、中山八区抗日游击大队、新鹤大队、南三大队和雄狮中队等，共 2700 多人。会上，由中区纵队政委罗范群传达了中央指示和中共广东省委土洋会议精神和报告了中区纵队成立的经过；谢立全作了军事工作总结和部署部队挺进粤中的行动计划和准备工作。根据中央的指示和土洋会议精神，对部队挺进粤中的各项工作做了比较详细的研究和周密的部署。

中区纵队的成立，标志着珠江和粤中地区的抗日武装进入一个新阶段。

---

① 1944 年 10 月，中山人民抗日义勇大队改编为中区纵队第一支队，1945年 1 月改编为广东人民抗日游击队珠江纵队第一支队，支队长欧初，政委梁奇达，副支队长罗章有，政治处主任杨子江。下辖九个中队和九区大队。

从五桂山到粤中，
中区纵队在敌人眼皮下挺进

1944 年中秋节刚过，中区纵队和珠江、粤中地方党组织立即根据槟榔山会议的部署，紧张地贯彻落实中共中央配合王震南下部队开辟五岭根据地的战略方针，挺进粤中的各项准备工作紧张而有序地进行着。

挺进粤中主力大队由大队政治委员谭桂明带领，紧张而有序地进行挺进粤中的部队编组、思想动员和物资准备。部队士气高昂，整装待发。

珠江特委书记梁嘉亲自到张溪布置中山地方党组织动员准备船只和船夫运送部队。黄峰、杜广等中共党员在张溪村秘密动员组织了 50 多艘大小船艇，挑选了 50 多名抗日积极分子担任船夫，随时准备执行运送部队任务。又在九区二顷围动员群众负责掩蔽部队，留在原地的第一支队、第二支队和南三大队，在珠江敌后不断袭击日、伪军，以配合纵队领导机关和主力大队挺进粤中。中山八区抗日游击大队活跃在新会南部和台山一带，策应主力大队挺进粤中。

在中区纵队政治部主任刘田夫的具体布置下，中共新会县委、中顺新边工委（1944 年 8 月成立，以加强中山、顺德、新会三县交界地区的工作）

中区纵队挺进粤中遗址

在边界地区加强力量，积极开展地形侦察和统战等工作，以保证中山五桂山区与粤中之间交通要道的畅通，使部队能安全横渡西江。

按照刘田夫的布置，地方党组织的陈能兴、李超、关立、与中区纵队参谋处侦察参谋马敬荣等，为选择渡江路线进行了反复的细致的考察和研究。由于五桂山至新会路途较远，沿途只有中山九区和新会荷塘为抗日游击队控制的地区，且那一带都是平原地区，途中还要经过驻有日军和国民党"挺三"的大本营，部队只能夜间运动。据实地侦察，由五桂山出发，当晚可到达九区的二顷围，而从九区二顷围出发，一个晚上到达不了荷塘，只可到达海洲，部队要在那里掩蔽一个白天，晚上再渡西江。中区纵队领导与地方党组织的领导经过反复考虑和研究，一致认为，部队从海洲渡江是比较安全的。因为敌人的心脏，往往是最安全的地方。海洲虽然是为国民党"挺三"部队控制的重点地区，时国民党的头面人物张惠长、孙恩沛等都住在海洲，还设有电台，驻有不少部队，如莫予京中队和杨明小队，"挺三"嫡系部队谢云龙就盘踞于离海洲不远的九洲基一带；但海洲有受地方党组织所控制的"白皮红心"政权和党所掌握的武装海洲自卫队，地方党组织的领导陈能兴、李超、马敬荣等人对海洲方面的情况很熟悉，和海洲乡长袁世根的关系密切，能控制海洲的局面。

为确保部队安全渡江，中区纵队司令员林锵云亲自了解由二顷围到海洲、由海洲过荷塘的水陆交通情况，并到海洲与袁世根面谈。经过周密的调查研究，中区纵队司令部确认了海洲一带的群众基础好，上层关系好，部队行军至此处休息较为稳妥可靠。最后敲定了从五桂山出发，绕过石岐，在濠头涌上船，由水路经二顷围—海洲—新会荷塘，然后从塔岗渡口横渡西江，继而向鹤山方面挺进的行军路线。

与此同时，中区纵队派出郑惠光去找国民党"挺三"副司令屈仁则开通过九洲基"谢老虎"（谢云龙）驻地的路条，司令部还派了一些海洲籍的战斗人员欧伯祥、吕胜等返乡配合工作，一切准备就绪。1944年10月21日晚，中区纵队领导成员林锵云、罗范群、谢立全、谢斌、刘田夫等率领机关和挺进粤中主力大队近500人，从五桂山出发。于深夜到达中山濠头涌口后，迅速登上张溪村民为之准备的50多艘蚬艇、虾艇。22日拂晓，挺进部队到达中山九区二顷围，由地方党和当地隐蔽部队掩护，在围馆和农民的茅舍里休息大半天。

是日下午，挺进部队继续登程，水陆两路并进，傍晚到达小榄九洲基附近，侦察员利用事先写好的"借路"信，与国民党地方部队之哨兵交涉。挺进部队乘其未辨明情况之际，迅速通过了九洲基"谢老虎"驻地，进入海洲地段，掩蔽在沙源坊袁氏大宗祠里。"海洲乡长袁世根热情接待部队，安排食宿并保证部队的安全。"① 由海洲自卫队担任外围警戒，严密监视驻海洲乡的挺进第三纵队莫予京中队和杨明小队的活动，确保挺进部队在海洲乡的安全。10月23日傍晚，部队从海洲出发渡江过荷塘。

在地方党组织的努力下和中山人民的掩护下，中区纵队主力近500人得以在敌人的眼皮底下运动，顺利通过敌人封锁线，向粤中挺进。挺进部队到达新区后，立即广泛发动群众，打击当地伪军和对抗日事业抱敌视态度的顽军，建立以皂幕山、老香山为依托的新（会）、高（明）、鹤（山）抗日游击区，并着手向恩平、阳江、阳春等县发展，开辟西江和南路地区，向粤桂边境勾漏山脉推进。

中区纵队挺进粤中后，在中、顺、新边区一带产生了很好的影响，对当地的进步人士鼓舞很大。中顺新边县工委抓住这一有利时机，对一些达到条件入党的对象做好教育工作，发展了一批新党员。

---

① 刘田夫：《刘田夫回忆录》，北京：中共党史出版社，1995年，第106页。

从这天起，珠江纵队的名字让敌人胆寒

1944 年年底至 1945 年年初，世界反法西斯战争最后胜利的大局已定，盟军继在欧洲开辟第二战场成功后，又准备在亚洲开辟对日总反攻的新战场。为了防止盟军在中国华南沿海登陆，侵华日军把西北江的主要兵力向南转移到沿海的中山、顺德一带驻守。其时，在中山的日军有 2000—3000 人，伪军四十三师等 3000 多人，伪联防队几千人。

中区纵队主力部队挺进粤中后，留守五桂山根据地的部队的人数少了。由于中区纵队主力大队继续向西发展，距离珠江地区越来越远，给指挥联络带来困难。敌人乘虚而入，日、伪、顽、匪勾结起来，不断袭击游击队，杀害民主政权干部，攻打民兵。为了加强珠江、粤中两个地区抗日武装斗争的领导和部队建设，1944 年 11 月，中共广东省临委、东江军政委员会联席会议作出决定，调整珠江、粤中两地区部队建制和任务，将中区纵队一分为二，分别在珠江、粤中地区活动。

决定获得中共中央的批准。12 月上旬，在鹤山宅梧召开中区纵队和珠江、粤中、西江地区党的负责人参加的会议。会议决定按中共广东省临委、东江军政委员会的部署，撤销中区纵队建制，将驻粤中地区部队和珠江地区部队分开，直接由中共广东省临委、东江军政委员会领导；原中区纵队

珠江纵队司令部旧址，后被日军烧毁

20世纪90年代，珠纵一支队部分同志在五桂山的合影

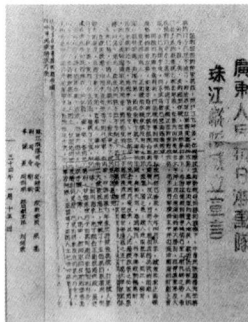

1945年1月15日，珠江纵队
发表成立宣言

在珠江三角洲的部队则采用广东人民抗日游击队珠江纵队番号，司令员林锵云，政治委员梁嘉，副司令员谢斌，参谋长周伯明，政治部主任刘向东；同时撤销中共珠江特委，番中顺各县地方党组织划归珠江纵队第一、第二支队党委领导。会后，林锵云、谢斌返回五桂山，与梁嘉、周伯明、刘向东等人筹备珠江纵队的成立工作。

1945年1月15日，广东人民抗日游击队珠江纵队在中山发表宣言，公开宣布成立。《广东人民抗日游击队珠江纵队成立宣言》庄严宣告"珠江纵队是珠江三角洲人民的子弟兵""热诚接受与拥护中国共产党的领导""与我们的兄弟部队东江纵队、琼崖纵队共同坚持华南敌后战场，为解放华南同胞而奋斗"。珠江纵队司令部设在五桂山区槟榔山村，下辖两个支队、一个独立大队。在中山地区的部队为第一支队，支队队长欧初，政治委员梁奇达，副支队长罗章有，政治处主任杨子江。番顺地区部队为第二支队，南三边境部队为独立第三大队。至3月，珠江纵队共有1752人，轻重机枪53挺，步枪1162支，短枪326支，炮1门，掷弹筒2具。

为了加强敌后抗日斗争和配合盟军登陆，进一步打击敌伪的军事活动，珠江纵队司令部根据斗争形势和五桂山区的地理环境，决定由纵队林锵云司令员和第一支队政委梁奇达留守五桂山根据地主持全面工作。一支队实行两线分兵作战，由参谋长周伯明和一支队队长欧初率领民族、雪花、白马、成功等中队活动于五桂山西南面一区和五区一带；由副支队长罗章有、政治处主任杨子江率民生、民权、孔雀等中队，活动于五桂山东北面四区和六区一带。

珠纵一支队成立后，赢得了多次战斗的胜利，活动范围不断扩大，武器装备不断改善，部队战斗力不断加强。至 1945 年 3 月，珠江纵队兵力扩充了一倍多，并配合已解放的乡村全面开展民主建政工作。继五桂山区、滨海区建立抗日民主政权后，又在谷镇区建立区民主政权，在凤凰山区成立筹建政权委员会，在一区成立政权筹建小组，并领导根据地人民进行减租减息、反对伪税票的斗争，在人民群众中树立了共产党的威信，在主力部队挺进粤中，日军重兵驻守中山的恶劣的条件下，巩固了五桂山区抗日根据地。

三乡白石村有一座英雄碉楼，故事精彩

1945 年 2 月，活动在五桂山区的抗日游击队珠纵一支队，在周伯明和欧初的带领下，对盘踞在白石三溪、神湾两地的日、伪军进行了沉重打击。之后，部队于当月 27 日转移到白石村进行休整。白石村是个华侨村，全村有碉楼 17 座，均非常坚固。各小队分驻各个碉楼，碉楼间相隔几十米。

接连遭受打击的日、伪军恼羞成怒，在得知珠纵一支队驻扎于白石村后，日军立即出动步兵一个中队 100 多人、炮兵一个中队 80 人，纠结伪军 200 余人，连夜向白石村进发。翌日凌晨，第一支队哨兵发现日、伪军，立即鸣枪报警。周伯明、欧初听到枪声后，冷静地分析了敌情，决定以班为战斗单位，迅速组织防御。他们指挥战士们分别占领村内碉楼，并专门加强了村口碉楼的战斗力，扼守进村要道的入口，占据有利地形展开积极防御。另外，周伯明又派一个轻机枪班占领村南的山头，主力隐蔽在村南后边的荔枝园中迎击来犯之敌。

天刚亮，日、伪军便在日军炮火和机枪的掩护下向白石村发起

白石村防御战指挥碉楼

进攻。其中，日军在白石对面布置 3 门炮专打碉楼，但这种炮破坏力有限，除最前沿的炮楼被摧毁外，其他十多座较好的炮楼只是给打了几个小窟窿而已。守村部队则利用碉楼作掩护，用 3 挺机枪和步枪坚守阵地，使日、伪军无法进入村庄。到下午 4 时左右，日军打光了所有炮弹，同时伤亡较大，加上疲乏斗志锐减。周伯明抓住时机，立即部署反攻。守村部队一部突然绕到村西边，从侧翼向日军发起反击，正面各炮楼则予以火力支援。此时，梁奇达带领的大布民兵增援部队也赶到了，两支队伍里应外合，夹击敌人。日军不敌，夺路北逃，伪军更是溃不成军，守村部队追出 2 千米后返回。是役取得了毙伤日、伪军 40 多人的胜利。

经此一役，日、伪军缩在据点里，不敢随便出动，五桂山抗日根据地及附近地区赢得了四个多月的安宁。

30 多辆自行车奔袭，敌人睡梦中当俘虏

　　白石村防御战结束后不久，珠江纵队收到一份关于前山伪联防中队和古鹤伪五区中队的情报，该情报显示这两队伪军因自恃前山有日军驻守，较为麻痹。收到情报后，珠纵一支队决定展开军事行动，消灭此部伪军。但考虑到从三乡出发，绕过前山，打完仗再回来行程近百里，不可能在一夜之间完成行军与作战任务，且容易为日军追击，造成被动，于是一支队召开军事民主会，集思广益。会上，有人提出如果用单车来往，用不了 5 个小时即可往返。这一有益意见被部队采纳。

　　1945 年 3 月 18 日晚，珠纵一支队的民族、雪花、马成三个中队联合出击前山伪联防中队和古鹤伪五区中队。当晚，谷镇区民主政府动员了大布、三乡的乡民借到 30 多辆自行车，专门运载游击战士前往前山出击点。战士们一车载一人，一车跟一车，排成一线长龙，直指前山。这次远道奔袭，战士们兴奋地说："我们已经是半自动化部队哩！"战士们到达前山后，按照分工，各就各位，迅速接敌。游击队在两地同时发动进攻时，仅 7 分钟就结束战斗。前山和古鹤两个伪据点的 40 多名伪军从梦中惊醒，懵然当了俘虏。此役共缴获机枪两挺、长短枪 46 支。

三山虎山血战，荡气回肠

三山虎山血战是珠纵一支队粉碎日、伪、顽军于1945年发动的"五九扫荡"中的一次著名战斗，因其以极少的兵力牵制住敌军大部，掩护珠江纵队司令部机关及第一支队主力成功转移而辉映青史。

1945年4月，日、伪、顽军制订了"扫荡"珠纵一支队和五桂山抗日根据地的作战计划。5月8日深夜，日军1000多人，伪军第四十三师2000多人和"曲线救国军"萧天祥、梁雄部等近1000人，兵分六路，从灯笼坑、长江、榄边、崖口、翠亨、石鼓挞等地进入五桂山抗日根据地"扫荡"；驻唐家、坦洲等地的日、伪军3000多人，同时向凤凰山区进攻。

5月9日凌晨，天仍未亮，大雾茫茫，进入灯笼坑一路的日军300多人、伪军近1000人，从关塘埔一直摸入灯笼坑的三山虎山脚。按照珠纵一支队的反"扫荡"部署，猛虎中队中队长梁杏林率领23名战士埋伏在三山虎山头，负责阻击经灯笼坑进入五桂山之敌，以掩护司令部及主力部队转移。当敌人行至三虎山山脚，进入猛虎中队的伏击圈后，遭到猛虎中队战士的顽强阻击。战至上午8时许，猛虎中队击退了日、伪军两次强攻，毙伤30多人，为掩护支队部人员安全转移赢得了时间。

在猛虎中队的阻击下，日、伪军无法前进，其又调动大批部队包围过来，作第三次强攻。此时，猛虎中队的弹药已消耗大半，急需补给，便兵分两路，一路由梁杏林率领12人向外突围请援，另一路由小队队长黄顺英率领10名战士向三山虎山头转移，继续阻击日、伪军。教官陈龙、爆破班班长古柏松在转移中受伤，仍向冲来的日、伪军投掷手榴弹，掩护战友们登上山头。这时，日、伪军

三山虎山今貌

大批增兵又涌向山头，向猛虎中队阵地发动攻击。猛虎中队用仅存的弹药，连续多次击退大批日、伪军的进攻，最后弹药全部耗尽，8名战士牺牲，山头阵地仅余3名战士坚守。

当日、伪军再次发动进攻时，机枪手郑其也流尽了最后一滴血，牺牲时两手仍紧紧握住机枪。班长甘子源身上中弹，腹部被敌人的刺刀捅得肠子全流出来，重伤昏迷。小队长黄顺英在日、伪军冲上来时，纵身一跃，从山后坡滚下去，在密林的遮掩下冲出了重围。正在这一紧要关头，猛虎中队向外请援的一路部队和民权队的援兵赶到，使因受两面夹击暴露在山腰上的日、伪军措手不及。日军伤亡甚多，遂放弃山头，撤出灯笼坑。受重伤的甘子源，在战斗结束后被群众抢救出来。

三山虎山战斗中，猛虎队、民权队英勇顽强，以少胜多，圆满完成阻击来犯之一路日、伪军的任务，为司令部与支队机关转移赢得了时间。荡气回肠的"三山虎山血战"故事，至今仍在五桂山人民群众中广泛传颂。

每年农历四月十二日，南头人民都纪念他们

每年的农历四月十二日，南头镇都会举办"四一二"革命斗争纪念活动，追忆那场抗日部队反抗国民党顽固派围攻的革命斗争，缅怀在斗争中牺牲的革命先烈。

在日、伪、顽军发动的5月大"扫荡"中，长期活动于九区的九区大队也成为他们的重点"扫荡"目标。1945年5月12日，国民党第七战区挺进第三纵队（实际为收编各地土匪武装）司令伍蕃在三区鸡笼乡召集所属五个支队的头目开会，部署联合进攻共产党领导的珠纵一支队九区大队，即梁伯雄大队。5月18日，"挺三"司令部正式下达围攻梁伯雄大队的密令：由潘惠、梁正、梁自带、谢云龙等纠集3000余人，分四路进行围攻。第一路从南头向坡头、孖沙一带进攻；第二路向牛角、中沙一带进攻；第三路向永益、小沥尾、四埒冲口一带进攻；第四路由各支队留守部队设防于各河涌沿岸准备截击。各路兵力于22日前布防就绪，23日上午8时同时行动。

5月23日（农历四月十二日）拂晓，"挺三"兵分四路包围孖沙，向九区大队驻地发起进攻。面对敌人的重兵压境，九区大队全体指战员毫无惧色，奋起还击。副政委郑文带领一中队与敌激战至下午3时，阵地仍屹立不动。梁冠中队长率领第二中

"四一二"战斗旧址

南头中心小学的学生们在"四一二"革命斗争纪念活动中为抗战老战士演奏

队战士在打退敌人多次进攻后，终因弹药无法补充被迫撤出阵地。24日，"挺三"增加大批兵力，继续向梁伯雄大队发动猛烈进攻，为了保存力量，大队政委蔡雄、副政委郑文等率领队伍边打边撤，冲出重围，转战到江边的九顷。撤到坡头、孖沙的队伍也于当日转移到九顷会合。

敌人紧追不舍，梁伯雄大队与国民党顽军在九顷围再次展开激烈的战斗。战士们坚守阵地，连续打退敌人多次进攻，激战一直持续到26日上午。由于力量悬殊，寡不敌众，梁伯雄等20多人牺牲，50多人被俘。副政委郑文不幸被捕遭杀害，九区一带的抗日干部、革命群众、共产党员及军人家属转移不及的均遭毒手。

兵分六路，珠纵一支队转移东江

"五九扫荡"后，周伯明、欧初带领西线部队 200 多人转移到丫髻山金花山村。几天后，梁奇达也从大布转移到此与他们会合。周伯明和欧初、梁奇达根据中山敌后抗日武装斗争面临的困难，在敌我力量悬殊的情况下，为了保存力量，决定暂时避开日、伪、顽军的"扫荡"、围攻，将部队分批秘密转移到东江抗日根据地休整，等待时机再返回中山继续开展敌后抗日游击战。

1945 年 5 月下旬，周伯明、欧初、梁奇达率领珠江纵队司令部的部分机关工作人员，第一支队民族队、爆破排、通信班等 200 多人。由金花山村起程，翻过丫髻山、五桂山到达崖口附近的滩头，分乘海鹰队的 7 艘机帆船横渡伶仃洋，22 日转移到宝安县黄田休整。23 日，欧初等 7 人乘船秘密返回中山，与罗章有、杨子江等继续组织部队反"扫荡"和转移东江。

6 月中旬，冯开平率领第一支队民权队 40 多人，第二批乘海鹰队的船只，转移到宝安县燕川进行休整。7 月 19 日，罗章有率领第一支队民生队、猛虎中队 60 余人，第三批乘海鹰队的船只到达东江，与民族队、民权队会合。8 月 28 日，欧初、杨子江率领一支队民生队、孔雀队、雪花队及粮站、税站、情报站、医疗站等 200 多人，第四批从崖口乘海鹰队的机帆船转移东江，于 31 日到达宝安县，与前三批转移到东江休整的队伍会合。杨子江率队转移到东江后立即返回中山。

9 月，一支队马成队、杜广中队 100 多人，第五批转移东江。部队乘船出发后，途中在淇澳岛附近海面遭顽军黄祺仔部拦截，被迫退回唐家。稍后，部分人员经澳门、香港转移到宝安，部分人员暂时留在中山或香港分散隐蔽。与此同时，地方组织也作出决定，

135

欧初（1921—2017），时任珠纵第一支队支队长。1945年2月、1945年8月，欧初先后带领两批战士转移东江

罗章有（1921—2010），1945年7月19日，罗章有率领第一支队民生队、猛虎队共60余人，第三批乘海鹰队的船只到达东江

暴露了的党员和民主政权工作人员分批撤离。撤至东江的地方负责人有方仁牧、郑康明、郑秀、黄炳南、孙一之、马华潭等。

10月8日，杨子江、阮洪川率领部分连排干部和战士，以及中山县、区两级民主政权的主要领导干部30多人，第六批转移东江。他们在第一支队驻澳门办事处协助下，取道澳门、香港，到达宝安县南头。至此，第一支队战略转移东江的任务乃告完成。

珠纵一支队这次充满危险和曲折的战略转移，前后共分6批，持续5个月时间始告完成。10月下旬，一支队划归东江纵队，部队进行了整编，一部编为江北指挥部机关和解放大队，挺进到博罗、龙门等地，另一部挺进从化、澄江、花县地区，执行新的任务。

在东江，珠纵一支队打了几场漂亮仗

珠纵一支队的主力部队和机关工作人员先期到达东江后，一方面按照上级的指示休整部队，由政委梁奇达等组织部队学习中共中央七大文件、目前的形势发展及当前的工作任务等，有计划地培训机关干部和部分连队干部，提高干部的政治素质；另一方面派出部队与东江纵队第一支队宝安大队并肩作战，参加了多次战斗。

1945年6月，周伯明率领珠纵一支队的部分人员与东江纵队第一支队的所属部队配合，在黄松岗至公明墟一线与日军作战，击退了日军的进攻，歼灭日军一个小队，缴获机枪1挺。

7月，珠纵一支队的民族队100余人，由周伯明、梁奇达指挥，在东纵第一支队宝安大队的配合下，袭击了宝安县沙井乡陈培伪军据点。战斗于拂晓前打响，从一开始就异常激烈，后发展至逐屋巷战，激战竟日，入夜方攻克敌据点。该役共歼灭伪军一部，缴获了大批粮食、生猪等物资，并打开粮仓赈济群众。

同月，珠纵一支队还进行了抗击日军抢粮的霄边战斗和公明墟合水口围歼日军的战斗，缴获日式轻机枪1挺、步枪3支。与此同时，珠纵一支队还派出工作队协助当地发动群众，进行民主政权的建设，与当地军民建立了深厚的战斗友谊。

8月15日，日军宣布无条件投降后，珠纵一支队配合东江纵队所属部队收复广九铁路以西全境。一支队队长欧初率领部队进驻宝安县南头执行受降任务，将部分日军缴械，把日军指挥官送上级机关处理。同日，冯开平带领第一支队民权队随林锵

梁奇达（1916—2002），
时任广东人民抗日游击队
珠纵一支队政委

云、王作尧、杨康华率领的部队挺进粤北，执行创建五岭根据地的战略任务。

10月，珠纵一支队的欧初、梁奇达、杨子江等领导受东江纵队司令部的委托，处理了海盗黄公杰部的投降事宜。黄公杰部有400余人，机帆船、铁壳船多艘，武器装备精良。抗日战争期间，该部投靠日军，在澳门及其附近海域横行霸道，作恶多端。日本投降后，黄公杰部失去了靠山，被迫向东纵部队联系投降。

欧初、梁奇达、杨子江等人接受委托后，对前来投降的黄公杰部进行了妥善处理，派部队收缴了该部的武器装备，其士兵经教育后遣散回乡；对罪大恶极的黄公杰等人则应澳门当局的请求，经中共广东区党委请示中共中央军委同意，将其引渡给澳门当局处理。

《终战诏书》已公布，
不肯投降的日军被缴械

1945 年 8 月 15 日，日本天皇裕仁以广播《终战诏书》的形式，宣布无条件投降。消息传至中山，人们奔走相告，万众欢腾。

在日本宣告投降的第二天，即 8 月 16 日，珠纵一支队根据朱德总司令关于各所属抗日部队"限期解除当地日军武装"的命令，以支队队长欧初的名义发出《致敌伪军通牒》（以下简称《通牒》），饬令驻中山县属之敌伪军及敌伪政权机关："一、一切日本军及伪军均应立即停止战争行动，于 8 月 22 日以前向我队缴出全部武装，我队当依优待俘虏条例，给以生命安全之保护。二、一切敌伪机关政权，于接受此通牒后，应立即停止活动，将所有文件物资待封存，等待本队派人点收。三、严禁将武器破坏及物资销毁等行动。四、一切伪机关工作人员，无分首从，均应于 8 月 22 日以前向本队自首，当由本队召集县民公审，从轻处置，如仍顽强（抗）不悟，即以汉奸严加惩处。"同时，一支队派出政工组人员前往石岐日军据点传谕《通牒》。

《通告》《通牒》发出后，日、伪军陆续停止了"扫荡"，纷纷撤回原驻地，也有少数日、伪军携械投降反正。据 1946 年出版的《中山月刊》记载，驻于学宫（今人民医院址）的日军警备部哨兵不再要求顺民向他鞠躬，日军整日整夜忙于烧毁文件，莲峰山脚整日烟灰上扬。其他日军营也同样在烧毁罪证，哨兵默默地在军营内巡逻，再也不敢出来作恶。驻石门鹅眉村（今名峨眉）一

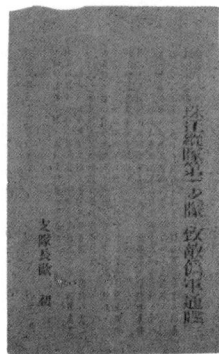

1945年8月16日，广东人民抗日游击队珠纵一支队发布的《致敌伪军通牒》（图为复印件，中山市博物馆藏）

翠亨红楼（珠纵一支队在此包围并缴械不肯投降并继续作恶的日军）

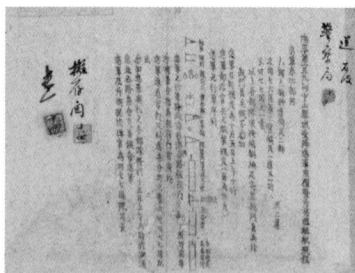

1945年10月4日，关于国民党陆军第一五九师进中山县城受降的进军典礼暨升旗礼组织规程（中山市档案馆藏）

名东北籍的林姓日语翻译，携带轻机枪一挺、掷弹筒一具投降。驻石岐日军营中的一名青年日军也向一支队投降，表示"反对军国主义，愿意留在中国"。

但并非所有日军都愿意乖乖投降，仍有部分日军意图垂死挣扎。8月14日，驻潭洲（今南沙潭洲）的日军乘汽船向天狗及高沙一带侵扰，与驻防该地的地方实力派发生激战。8月16日，驻小榄的日军欲用巨型木船运谷离境，被"挺三"部队所截获，四名日军遭击毙，截回稻谷两万斤。与此同时，珠纵一支队发现驻翠亨农场的一股日军，不仅毫无投降意图，而且继续在驻地附近强拉夫役，抢掠物资，一支队即将该股日军包围缴械并给予警告。

1945年8月下旬，驻中山日军陆续集中到县城石岐。10月6日，国民党军一五九师开进石岐，将日军缴械。次日，该师率同县政府及"挺三"各部进城，于仁山广场举行庆祝光复大会。

铁骨铮铮，青史永存

杨殷：朝闻道，夕死可矣

杨殷（1892—1929），香山县南朗翠亨村人，1928年当选中共第六届中央政治局候补常委、常委，中共中央军事部部长，省港大罢工和广州起义的组织者和领导人之一，与彭湃并称为"中国革命运动工农两巨星"。

杨殷是孙中山的邻居。其父杨汉川中过秀才，有田50余亩，家境殷实。杨殷孩童时期深受孙中山、杨鹤龄的影响。1910年考入广州圣心书院，次年加入同盟会。1922年，杨殷加入中国共产党。由于党组织经费紧张，杨殷把老家的房屋、田地与妻子的遗物金耳环、金戒指等首饰全部变卖，连同自己的积蓄，一并献给党组织作经费。

中共中央八七会议后，杨殷参与组成中共中央南方局，担任中共广东省委委员、工委书记。他往来于香港、粤东、广州、海南岛等地，指导武装斗争和肃反斗争。根据八七会议精神，中共中央和中共广东省委开始策划在广州举行武装起义。杨殷通过各种秘密关系，号令各路人马从四面八方汇集广州，组成了3000多人的工人赤卫队，并亲自负责训练。他把自己在广州和香港的房屋售卖，并动员弟弟把家乡的50多亩土地卖掉，又向亲朋好友借来一笔巨款，全额用于广州起义。

杨殷，中国共产党早期重要领导人之一，坚定的无产阶级革命家，著名的工人运动领袖，党的早期军事工作的重要领导者和情报保卫工作的重要开拓者之一

1927年12月11日凌晨，广州起义爆发。杨殷和周文雍率敢死队配合教导团冲向沙河敌炮兵团驻地。上午6时，起义

军占领市公安局，建立广州苏维埃政府，张太雷任苏维埃政府代主席，杨殷任人民肃反委员。次日，敌人从四面八方向市区反扑，张太雷不幸遇难。杨殷临危受命，担任广州苏维埃政府代主席，他手持长枪，指挥革命武装多次击退敌人的进攻。起义失败后，为保存革命力量，他率领部分武装，主动承担了掩护主力部队撤退的任务。完成任务后，他来到海陆丰，与彭湃一起进行武装斗争，大力开展粤东区的游击战争和土地革命运动。

1928年6月，杨殷作为正式代表参加了中共六大，并被选为中央委员、政治局候补委员、政治局候补常委。1929年1月起任中共中央军事委员会主任，曾到江苏、山东、安徽等地指导武装斗争和白区工作。在此期间，他与中共中央政治局委员、中共江苏省委书记彭湃一起，领导了邮务、铁路等行业工人的革命斗争，并组织革命武装，保卫了党中央和中共江苏省委的安全。

1929年8月，由于叛徒白鑫的告密，杨殷和彭湃、颜昌颐、邢士贞被捕。在狱中，杨殷与彭湃等经受住了敌人的百般拷打与折磨，保持了共产党员宁死不屈的崇高气节。他们在给党中央的信中说："我们已共同决定临死时的宣说词了。我们未死的那一秒以前，我们努力做党的工作，向士兵宣传，向警士宣传，向狱内群众宣传。"8月30日，蒋介石亲自下令秘密枪杀彭湃、杨殷等人。临刑前，杨殷慷慨自若，笑着对狱中难友说："朝闻道，夕死可矣！"他迈着坚毅的步伐，与战友们一起高唱《国际歌》，呼喊着口号奔赴刑场，牺牲时年仅37岁。

同年9月，周恩来撰写《纪念着血泪中我们的领袖》，沉痛悼念杨殷。1933年10月，中华苏维埃共和国中央革命军事委员会决定，将中国工农红军第一步兵学校命名为中国工农红军彭杨步兵学校，以表对彭湃、杨殷的纪念。

北有李大钊，南有杨匏安 [①]

杨匏安（1896—1931），生于广东省香山县南屏乡北山村（今属珠海市）一个破落的茶商家庭，七岁进学堂读书，后考入广雅书院。该院由两广总督张之洞创办，是华南最有名的学府。1912 年秋，杨匏安从广雅书院毕业，回家乡一所小学任教。在校期间和同事揭发校长刘希明贪污，刘希明买通官方，给杨匏安扣上了"扰乱学校教学，图谋不轨"的罪名，并将他关进监狱。出狱后，杨匏安随同华侨商人东渡日本，在日期间接触了马克思、恩格斯等人的著作。

1916 年，杨匏安回国，曾在澳门当家庭教师。两年后，他举家迁到广州，在时敏中学任教，并得《广东中华新报》社长容伯挺、总编辑陈大年赏识，被聘兼任该报记者。1919 年，杨匏安通过积极参加五四运动，加深了对世界和中国形势的认识，并受到新文化运动前驱者思想的影响，逐渐由激进的民主主义者向马克思主义者转变。从 5 月 21 日起至年底，他在《广东中华新报》上发表近 10 万字论著。其《马克斯主义（一称科学的社会主义）》一文，自 11 月 11 日至 12 月 4 日连续 19 天在该报刊载，热情宣传马克思主义，相当系统地介绍了马克思主义的唯物史观、剩余价值理论和阶级斗争学说。

1921 年，杨匏安正式加入中国共产党，是中国最早的共产党员之一。1922 年下半年，杨匏安担任中国社会主义青年团广东区委员会代理书记，向青年学生宣传马克思主义，发展了许多团员。在 1924 年中国国民党一大后及 1926 年的国民党二大，杨匏安分别任国民党中央组织部秘书、中央执行委员会常委。1925 年，省港大罢

---

① 本文部分内容参照珠海市社会科学界联合会编：《杨匏安研究文选》之《杨匏安生平大事年表》，珠海：珠海出版社，2008 年。

工爆发，杨匏安任广东政府财政部代表。他在香港向各工会领袖保证，罢工工人回广州后，由政府安排食宿，解除了工人们的顾虑。港英当局惊恐万状，逮捕杨匏安，在罢工工人的坚决斗争下，50 天后他获得释放。

1927 年 5 月，在中共五大上，杨匏安当选为中央监察委员。他是中国共产党历史上第一次选举产生的中央监察委员之一。1929 年，杨匏安在上海编译 20 多字的《西洋史要》一书。这本书被称为中

杨匏安，华南地区新文化运动和传播马克思主义的先驱

国第一部用唯物史观研究西洋史的著作，让中国的革命群众了解国际共产主义运动的历史，开中国国际共产主义运动史研究之先河。到 1936 年，《西洋史要》再版了五次。1930 年，他翻译了《地租论》等书，对于当时江西等革命根据地的土地改革颇有参考作用。

1931 年 7 月，由于叛徒告密，杨匏安等人被捕，这是他一生中第四次被捕。宋庆龄、周恩来积极设法营救，未果。敌人想劝降他，他说："我从参加革命始，就已把生死置之度外。死可以，变节是不能的。"蒋介石派人写信和打电话劝降，杨匏安将书信撕碎，将电话筒摔到墙上，坚决地说："死可以，变节不行。"同年 8 月，他英勇就义于上海龙华，时年 35 岁。在就义的前夜，他见同狱的罗绮园意志动摇，口编《示难友》一诗，赠给罗绮园与同狱难友，希望他们坚持斗争，保持革命气节。诗为："慷慨登车去，相期一节全。残生无可恋，大敌正当前。知止穷张俭，迟行笑褚渊。从兹分手别，对视莫潸然。"

萧一平：为革命不计个人得失

大革命时期，很多革命先烈可以说是不畏艰难险阻，不计个人得失，一心一意干革命，在中国革命史上书写了壮烈的诗篇。在中山，也有这么一位革命前辈，为了理想和信念，主动放弃了优越的工作和丰厚的薪水，一心投身于革命工作。他就是萧一平。

萧一平，1902年出生，广东省香山县大涌南文人。早在1921年左右，萧一平就加入由陈独秀等人以广东省教育委员会的名义举办的"宣讲员养成所"，宣传马克思主义，学习新文化知识、社会主义、群众运动、阶级斗争等的道理和宣传工作的方式方法等。

1924年国民党一大后，为发动农民起来参加革命，共产党员彭湃向国民党中央党部提议倡办农讲所培养"农民运动人才，使之担负各处地方实际的农民运动工作"。同年7月3日至8月21日，第一届农讲所在广州开班，三名中山籍的青年萧一平、梁功炽和郑千里参加了这期农讲所学习。在进入农讲所学习之前，萧一平原在国民党中央组织部和商民部工作，后转到国民党中央农民部任干事。

在商民部工作的时候，每月工资有70多元，虽然收入可观，萧一平却十分厌恶商人资本家，他认识到：革命没有农民参加是不成的；孙中山搞革命多年未成功，主要是没有发动工人、农民支持他，光靠军阀、政客、华侨搞革命是不成的。军阀、政客最不可靠，华侨虽爱国，但他们在几千里之外，只能给予经济帮助，不能做主力军，只有把农民发动起来，革命才能成功。因此一听说开办农讲所，萧一平就决定参加学习。

萧一平的入学介绍人杨匏安曾问他："毕业后去搞农运，每月工资只有30元，收入又少又艰苦啊！"萧一平答道："为了革命，我不计较个人得失。"萧一平为了革命事业，放弃了商民部的高薪，

广州农民运动讲习所旧址

顶住了被人嘲笑的压力，进入第一届农讲所学习。萧一平等三人在农讲所学习农民运动的理论和方法。彭湃亲自带他们到广州市郊实习，向他们传授海陆丰农民运动的经验。

1924 年 8 月 12 日，彭湃通知萧一平要提前一周毕业，让他以国民党中央农民部特派员的身份随同省长廖仲恺到香山县九区大黄圃视察农运情况。跟随廖仲恺出行视察，给了萧一平一个很好的学习机会。在香山九区，廖仲恺发表讲话，他以救人溺水作比喻，说一个人去拉溺水者，反而会被他拖下水，但抛一个救生圈就不一样，救生圈就是农民协会。

作为一位革命前辈，廖仲恺深知农民的疾苦，讲话全无官腔滥调，明了直白，深入浅出，很有宣传震撼力。现场群情激奋，掌声雷动，这让萧一平倍感振奋，他后来还写了《关于我随廖仲恺到中山宣传农运的回忆》。在省长离开香山后，萧一平继续留下开展农民运动，与几位同是农讲所第一届的同学一起，排除万难，在香山县麻子乡成立了珠江三角洲地区首个农民协会。

之后，萧一平于 1925 年春加入中国共产党，同年 5 月，广东省农民协会在广州成立，萧一平担任首任秘书长。省农协跟中共广东区委关系密切，重大问题都向中共广东区委汇报。那里的工作十分繁忙，每天有大量的文件和报告，通常都是先由萧一平处理，较重要的则交给国民党中央农民部秘书、中共广东区委农委书记罗绮园签发。省农协的主要工作，一是开展农民运动，例如帮助各地组织农协和农民自卫军，购买枪支和子弹发给斗争激烈的地方农协；二是宣传，如出版《犁头周报》等。

1926年中山舰事件后，中共在广东省农会礼堂召开了一次重要党员干部会议，周恩来作了关于中山舰事件经过的政治报告。会议上萧一平第一个发言，表达了对共产党员退出军队后不掌握武装怎么革命的忧虑。周恩来、谭平山等回答：将把重点放在工农武装这方面来。会后，根据周恩来的指示精神，萧一平提出了在顺德办农民自卫军干部学校的建议。他认为，当时已有80万农民协会会员，有20万农民自卫军，要是能集中调度使用，广东的革命力量也会操在中共手中。但陈独秀没有采纳这建议。

中山卖蔗埔起义失败后，萧一平被派往澳门，联络中山、顺德的农军策应广州起义，再后来，一度转往越南，抗日战争时期才回国。

李慕濂：中山第一位女共产党员

1925 年 5 月 10 日，中共广东区委领导下的全省性革命妇女组织——广东妇女解放协会宣告成立。组织成员多是中共党员，蔡畅、邓颖超都曾参与领导和工作。协会提倡女权，反对在伦理、法律、教育、劳工等方面压抑妇女的不合理制度，引导妇女冲破旧礼教，争取男女平等、婚姻自由，求得自身解放。这在当时的知识青年妇女中产生了一定的影响。

1925 年，中山县立女子师范学校学生李慕濂（沙溪岚霞村人）受进步思想影响，加入了新学生社中山分社，并团结带领女师的不少学生参加新学生社的活动。同年秋，中山学联会成立并开展学生会改组工作。女师改组学生会时，县兵突然闯进来干预。县农会获悉后，派农民自卫军赶到现场，县兵见人多势众，只好悻悻退场。李慕濂在同学中威信倍增，当选为学生会主席。在她的带动下，女师学生黄汗飞、刘金蝉、黄杜衡、刘淑婉、缪诗梅等都成为妇女运动的积极分子。

1926 年 5 月 14 日，广东妇女解放协会在广州国民党中央党部大礼堂举行代表大会。李慕濂作为中山妇女代表出席会议。中共党员熊晓初携女学生黄汗飞、黄杜衡参会。会后，广东省妇女解放协会派张兰坚到中山发动妇女解放运动。她以县女师为立足点，与李慕濂等在女学生和女工中宣传妇女解放的道理，组织妇女作斗争。

8 月，中山县妇女解放协会（以下简称"县妇协"）在石岐仁厚里召开成立大会，30 多人参加了大会，其中女学生、女工占多数。大会选举李慕濂为主席，黄杜衡、叶宝卿为副主席，李慕濂、黄杜衡、叶宝卿、刘国娴、刘宝冰为执行委员。县妇协成立后，通过办夜校及组织宣传队伍到工厂、农村等形式，向广大妇女宣传妇女解放等道理，唤起妇女的觉醒。中山的妇女解放运动还与农民运动紧密结合，组织发动广大农村妇女投入农民运动。四区妇女解放协会成立时，严剑英当选为主席，严少英、严慕群当选为副主席。

为培养妇女干部，县妇协还选派妇女干部到广州参加学习。1926年9月，李慕濂参加了由何香凝任所长、蔡畅任教务主任并主持日常工作的广州妇女运动讲习所学习班。次月，中山又选派陆侠云、缪默然参加由邓颖超担任所长的妇女运动人员训练所学习班。学员们除上课外，还积极参加政治活动。通过学习，她们成为早期中山妇女解放运动的骨干。

李慕濂是中山县第一位女共产党员。她出色的组织活动能力和共产党员的政治觉悟，使中山的妇女解放运动进行得如火如荼，体现了妇女在革命运动中"半边天"的巨大作用。陆侠云任县妇协副主席，后经杨殷介绍，与中共中山县委委员、国民党中央农民部特派员黎炎孟结为夫妻，协助黎炎孟做交通联络工作。这时期加入中共组织的妇女除李慕濂外，还有黄杜衡、严剑英、严金爱、缪诗梅、刘金善等。

关晃明：首位血溅中山抗日战场的共产党员

关晃明，原籍广东南海，1919 年出生于香港。其为人诚朴热情，积极进取，尤爱足球运动，且球艺高超。关晃明就读于香港英皇书院，在校期间是一位品学兼优的学生，深得教师器重和同学爱戴，被同学们尊称为"老大哥"。七七事变后，抗日烽火燃遍了祖国大地，关晃明和其他爱国青年一样，怀着满腔热血积极投身抗日救国的行列中。他夜以继日地宣传抗日救亡救国的道理，发动学生参加抗日运动，在学生中树立了一定的威信。为追求真理，他如饥似渴地阅读进步书刊，学习马列主义的革命理论，思想觉悟提高很快。1938 年夏，驻香港地下党组织吸收关晃明为中共党员。不久，他被党组织指派到香港学生赈济会（抗日救亡群众团体）工作。自此，关晃明走出校门，废寝忘食地奔走于香港各院校之间，在学生中进行组织、宣传、募捐等活动。

广州沦陷后，香港学生赈济会在八路军驻香港办事处和中共地方组织的引导下，动员青年奔赴抗日救国的第一线。香港青年学生踊跃报名，参加者众，先后组成四个"回国服务团"。关晃明任第三团副团长。1939 年 1 月 13 日，关晃明等随团出发，经澳门、江门、鹤山等地到达曲江，参加第四游击区干训班集训，之后被调派到第一游击区（简称"一游"）司令部（驻中山县）政训室所属政治队工作，任中共特别支部副书记。

在艰险的地下环境中，关晃明仍坚持做党组织的发展工作。如在集训期间，秘

关晃明，首位血溅中山抗日战场的共产党员

密发展了罗雪峰入党。到中山后，又发展了王培燊、王锦鎏等人入党。至此，该支部（一游地下党支部）成员共9人，约占政训室全体人数的三分之一。他们均由黎民惠、关晃明单线联系。

集训结束后，于1939年4月，黎民惠、关晃明等人被调派到第四战区第一游击区司令部政训室所属的政治队工作。政训室是司令部的高层政治枢纽，因此能及时获得国民党内部的机密。除想方设法得到情报及向地方党组织传递信息外，关晃明亦积极团结国民党左派，促使他们共同抗日。此外，还在国民党军队士兵中开展抗日救亡等宣传教育，逐渐在一游中形成了一股强大的进步力量，对促成中山的国共合作起到了积极作用。

1939年7月和9月，日军先后两次进犯中山横门。在一游政治队工作的中共特别支部成员积极发动国民党中山县守备部队参战。9月14日，关晃明带领运输队给中山县守军运送粮食，途经大岭村时，遭敌机空袭。敌机一阵狂轰滥射，并投下大量杀伤弹和燃烧弹。运输队队员由于缺乏战地常识，顿时慌乱不堪，四散奔逃。在这危急关头，关晃明不顾个人安危，一面沉着冷静地指挥救护队员疏散隐蔽，一面命令运输队队员卧倒，费了很大的力气，才把队员分开隐蔽在村外的大水沟内。敌机失去了目标，继续在低空盘旋侦察，气氛十分紧张。一名队员沉不住气，突然跳出水沟向村边疾跑，关晃明见状焦急万分，大声呼喊"快卧倒"。同时一跃而起，飞步冲到那名队员的身边，全力将其按倒在地。就在这时，几枚炸弹在附近爆炸，那名队员脱险了，而年仅20岁的关晃明却再也没有起来。

关晃明牺牲的消息传至香港后，他的亲属及爱国人士、青年团体和学生组织十分悲痛惋惜。他们在孔圣堂为关晃明举行了1000多人的大型追悼会，到会的人们无不伤心落泪，全场啜泣声不绝。关晃明为国捐躯的精神激励着香港地区的抗日民众，全港再次掀起抗日救国的群众运动高潮。

欧阳强：革命哪里需要就到哪

"我是革命一块砖，哪里需要往哪搬。"在革命战争年代，中山县籍的优秀共产党员欧阳强就是怀着"哪里需要往哪搬"的精神，从唐山、沟帮子辗转到营口、韶关、郴州等地。只要革命哪里需要他，他就出现在哪里。

1894 年 10 月 11 日，欧阳强出生于香山县南朗麻子村的一个归国华侨家庭。1913 年，他来到唐山，在机车车辆厂当徒工。1922 年 10 月 13 日，欧阳强参加唐山机车车辆厂 3000 多名工人举行的大罢工，罢工取得了胜利。欧阳强在斗争中受到锻炼和考验。1923 年 1 月，欧阳强经邓培等人介绍，光荣地加入中国共产党。

1925 年，欧阳强被调到沟帮子机务段机车修理厂当钳工。很快，他就和地下党员李华灿、李加晓、冯昌等人取得联系，建立了沟帮子党支部，任支部书记。1928 年，欧阳强率领沟帮子 70 多名铁路工人，包围铁路机关"公事房"，向铁路当局提出增加工资等要求，迫使反动当局给工人增加了工资。

1929 年年底，铁路当局对北宁路各站停发年终"花红"，工人生活十分艰苦。1930 年 1 月初，在中共满洲省委的领导下，欧阳强带领沟帮子 100 多名铁路工人发动争"花红"斗争。在工人们的强大压力下，北宁路当局被迫让步，同意发给工人"花红"。

1930 年年初，为了加强营沟线营口车站的工作，中共满洲省委派欧阳强到营口机务段工作，并担任营口特支书记。为了提高工人的阶级觉悟，在欧阳强的主持下，

欧阳强

营口特支发动工人集资建立了一所"工余学校"。同时，特支又把营口工会组织恢复起来，发展会员七八十人，成为坚强有力的战斗集体。

1931 年 2 月，在满洲省委会议上，欧阳强当选为中共满洲省委委员，负责北宁路工运工作。此后，他和营口特支书记熊殿瑞一起，领导铁路职工和市内工人、学生抵制日货运动。1931 年，欧阳强因右胳膊被日军流弹打中，被送往唐山铁路医院救治。几个月后伤愈，他便留在唐山铁路机务段当钳工。1932 年，欧阳强在唐山被国民党反动当局秘密逮捕。在狱中，面对反动派的严刑拷问，欧阳强坚贞不屈。反动当局慑于群众的威力，不得不在 1933 年释放欧阳强。

1936 年，粤汉铁路竣工通车。全国铁路总工会华北工作委员会决定派欧阳强到广东工作。之后，欧阳强前往乐昌车站工作，秘密负责领导乐昌地区人民的革命斗争。1938 年 10 月，欧阳强任湖南郴县地区党支部书记。1945 年抗战胜利后，欧阳强在乐昌建立"铁型俱乐部"，继续从事工运斗争。1946 年年初，国民党第二次逮捕欧阳强。后他虽经工友声援出狱，但反动当局开除了欧阳强。为了革命的胜利，欧阳强以卖药为掩护，从湖南的郴州到广东乐昌、韶关、广州沿线，继续为党做宣传、组织工作。

1947 年 10 月 9 日晚，一群国民党便衣特务逮捕了欧阳强。在狱中，他坚贞不屈，不为利诱所动，经受严刑拷打无所畏惧。1948 年 4 月 26 日下午，在枇杷岭山下的一片松林旁，国民党反动派杀害了欧阳强，其牺牲时 54 岁。

梁嘉：传为佳话的"三兵家庭"

俗话说："打虎亲兄弟，上阵父子兵。"在中共中山历史上，曾任珠江纵队政委等职的革命先辈梁嘉（1912—2009），不仅在长期的革命斗争中把自己锻炼成一位职业革命家和优秀的军事指挥员，还把自己的妻子、弟弟、儿子等都领上了革命道路，成就了一个在革命队伍中传为佳话的"三兵家庭"。

第一，夫妻兵。梁嘉的妻子许桂生很早就主动跟随丈夫加入了地下党，在地下党和部队里做过情报、联络、妇女等工作，成为革命队伍中的中坚分子。1945年，许桂生在作战中负伤被捕，在国民党军队的层层押解和反复盘问中，她始终咬定自己只是"为了有口饭吃而跟进队伍"的一般群众，没有暴露自己是党员和珠江纵队政委梁嘉妻子的身份，国民党军队无奈之下只得把她释放。回到广州后，她机警地和乞丐混迹一起，流浪街头十多天，直到确信没有"尾巴"后，才和党组织重新取得联系。

第二，兄弟兵。梁嘉的弟弟梁荣林（又名梁寒光），是中国著名的音乐家和作曲家，其从小热爱音乐，逐渐学会演奏二胡、三弦等多种民族乐器，曾就读于广州大学政治系。1937年春天，梁荣林因家庭困难辍学，后做过短期的教员，他常利用课余时间和一些进步青年演出戏曲进行抗日宣传。

1937年12月底，梁荣林经梁嘉介绍到延安去学习和工作。他先在陕北公学学习，然后转到延安鲁迅艺术学院音乐系学习作曲。他努

梁 嘉

力向冼星海学习作曲，进步很快。1940年5月，冼星海为梁荣林起了"寒光"这个艺名。从此，他就以梁寒光为正式名字。在延安和后来撤离延安到华北地区工作期间，梁寒光先后创作了《扭起秧歌打起鼓》《延安修飞机场》《自卫战歌》《胜利舞歌》《欢迎领袖毛泽东》等歌曲和《冯光歧除奸》等秧歌剧。其中《胜利舞歌》《欢迎领袖毛泽东》还作为解放北平后入城式对唱的歌曲。

第三，父子兵。梁嘉的大儿子梁适是当年珠江纵队最年轻的战士。1945年3月，珠江纵队成立后不久，日、伪军以"铁桶合围"战术开展了"万人大扫荡"，企图围歼珠江纵队第二支队。在战斗中，因为环境险恶，也为了减轻组织的负担，梁嘉忍痛将当时只有十岁多的大儿子梁适送到孤儿院，后来孤儿院被解散，患病的梁适被送回了开平老家。日、伪军和国民党顽军听到风声要去抓捕梁嘉的家属，特委书记刘田夫派妻子周敏玲连夜赶往开平，将梁适接到了游击队，11岁的梁适就成为珠江纵队里年纪最小的游击队员。梁适后来在珠江纵队西挺大队工作，还当过纵队副司令谢斌的勤务兵。"游击父子兵"当时在部队里传为佳话。

周伯明：给中山游击队带来了爆破技术

周伯明（1918—1998）是抗日战争时期广东地区游击队著名的爆破专家。他在任广东人民抗日游击队总队参谋处长时，利用英军遗弃的水雷研究创造了炸药包，并开展爆破攻坚战。1943 年 5 月，他率队用自制炸药包攻打福永炮楼，全歼伪军一个连，为广东人民抗日游击各大队以后普遍开展爆破攻坚战和地雷战起了示范作用。

1945 年 1 月，周伯明被任命为广东人民抗日游击队珠江纵队参谋长。在此之前，日、伪军在珠纵部队的打击下，根据游击队缺乏攻坚利器的弱点，纷纷驻进坚固的碉楼，这就使得游击队在突破敌人外围防线后却无法扩大战果、全歼敌人。来到珠纵部队就职后，为扭转这一局面，周伯明组织训练爆破技术人员，从部队抽调二三十人学习，传授爆破的知识和方法。其后，珠纵一支队成立了爆破班，对中山的日、伪军据点展开爆破攻坚。

第一个攻坚目标为金钟碉楼。1945 年元旦前夕，周伯明与欧初等率领民族队、雪花队的战士，乘夜急行军到达金钟伪军陈容旺据点附近。各战斗队迅速进入攻击位置后，爆破手摸到伪军陈容旺大队部的碉楼脚下，将炸药包迅速插好雷管和导火索，点燃导火引线。瞬间，一座四层楼高的碉楼被炸成一堆烂砖头。此役，全歼伪军陈容旺大队，缴获轻机枪一挺、步枪数十支、子弹和物资一批。爆破攻坚首战告捷，中山境内的敌人闻之丧胆。

第二个攻坚目标是三乡三溪的一座碉楼。该碉楼驻有伪联防大队长黄祥（花名"黑骨祥"）部一个中队，把守着五桂山的西北门户，像一把尖刀直指五桂山根据地。1945

周伯明

年年初的一个晚上，珠纵参谋长周伯明、一支队支队长欧初带领30多名战士前往三溪，用炸药将碉楼的铁门炸毁，并冲上二楼俘虏了伪小队长以下十多名伪军。但三楼是机枪阵地，伪军顽强抵抗，一时攻不下来。周伯明亲临现场，用10千克黄色炸药放在楼下，装上雷管，接上导火线，整座碉楼瞬间倒塌，变成一堆瓦砾。是役，珠纵共缴获"柴把炮"一门，机枪一挺，步枪、弹药一批。

接着，一支队又袭击了盘踞在横门一带疯狂捕杀游击队员和民主乡政人员的伪联防队梁洪部，将其占据的楼高三层、壁厚50厘米的水泥碉楼炸得粉碎。梁洪因当天不在碉楼里，逃到九区，从此不敢再回麻子。

在此期间，部队袭击敌伪据点，打击敌人的军事力量，如袭击金斗湾、金钟伪联防大队，神湾、前山伪联防中队，古鹤伪区署，麻子伪联防特务中队等，都取得了胜利，歼敌近百人，缴获了一批枪支、弹药和物资，打击了盘踞在五桂山周围的敌伪军，震慑了敌人。

吴清华：宁死不屈，严守秘密 [①]

　　战争的胜利离不开后勤的有效供给，正所谓"兵马未动，粮草先行"。中山人民抗日武装的后勤工作是随着部队的发展逐步建立起来的。部队初建时，由于缺乏经济来源，军需给养短缺，常常用野菜充饥。随着人民抗日武装的不断壮大发展，抗日根据地不断巩固，通过发动华侨和港澳同胞捐款、向地方实力派借粮借款、征收抗日粮税，游击队基本解决了给养困难。

　　三乡镇的大布村，位于石岐南偏东，北望五桂山，南临岐关公路。抗日战争时期，由于群众基础较好，当地乡民积极支持中共中山地方组织领导的抗日斗争，大布乡成为中共中山县委和五区区委的活动基地，也是五桂山抗日根据地的后勤基地。1945年1月珠江纵队成立后，在军需处下设粮站、税站。粮食总站设在五桂山区长江乡松埔村，大布、平湖等设立分站，又在四区崖口、三乡乌石村，山区的石门、石莹桥等地建立重点分站。

　　当时负责三乡重点站管理工作的是女共产党员吴清华（1917—1945）。吴清华，广东省香山县北岭村（今属珠海市）人，1917年8月8日出生于一个海员家庭。她从小在香港生活，父亲是海员工人。后因父亲失业，随父母回乡务农。父母去世后，她再去香港投靠三哥。她的兄弟姐妹及嫂嫂等人均参加革命。大哥吴卓臣（吴业德）在广州起义中牺牲。三哥吴理广（吴业光），1937年5月参加革命，一直坚持在香港海员工会工作，

吴清华

---

① 本文改编自戴慈英：《坚贞不屈的吴清华烈士》，中共珠海市委党史研究室编：《中共珠海革命斗争史资料汇编（1924—1950）》，1991年印行。

历任执委、常委、副主席等职，后到澳门，是澳门中共组织领导成员之一。在革命家庭的熏陶下，特别是在三哥的培养教育下，吴清华走上了革命道路。

1940—1943年，吴理广调到澳门工作，吴清华也跟随前往，在党的领导机关做掩护工作，1942年参加中国共产党。在这期间，她与交通员陈燕山常以表姐弟相称而结伴上路，越过敌人的封锁线到中山翠微了解情况，完成组织交给的侦察任务。当时日军在前山设据点，检查来往行人，大量搜捕革命者。她十分机灵，时而化装成都市小姐，时而化装成农村姑娘。为避开敌人的岗哨，越过封锁线，他们常要走崎岖的山路。1943年6月，吴清华调到中山县五桂山珠纵一支队副官室工作。上级知道她是从澳门回来的，分配她负责五桂山到澳门的交通线。

吴清华对工作极其负责，不畏艰难险阻，组织妇女参加保管粮食，及时送粮到部队。在敌来我往、战斗频繁、情况千变万化的恶劣环境中，她想方设法克服困难，保证粮食安全。在敌人来扫荡时动员群众连夜把粮食分散转移，有的藏到厕所里，有的搬到山洞去或在柴棚下掩蔽好。为了保证部队和地方政权的粮食供应，她日夜奔走于山区与部队，及时给部队送粮食。她工作十分出色，常得到上级和同志们的高度赞扬。

1945年8月，在一次敌人突然扫荡时，吴清华因转移不及被敌人抓住。被捕后，敌人多次严刑拷打，百般威逼，要她供出粮食存放地点和负责人姓名，吴清华始终守口如瓶，宁死不说。敌人无可奈何，就在1945年8月于中山三乡平岚村鸡公尾对她下了毒手。就义前，她迈着坚实的步伐，昂首高呼"共产党万岁"，英勇牺牲。当地群众怀着悲愤的心情，收殓了她的遗体。

卫国尧：组织智擒"八虎"，为民除害

抗日战争时期，卫国尧（1913—1944）组织智擒"八虎"的故事在珠三角广为流传。卫国尧于 1913 年生于广东省番禺县沥滘。1938 年 5 月，他加入中国共产党。卫国尧曾担任中山县抗日游击大队大队长、广州市区游击队第二支队番禺人民抗日大队大队长等职。

1942 年，以"挺三"纵队副司令员林小亚为首的国民党顽固派，勾结日伪势力，向活动在禺南一带由共产党领导的广游二支队（后来改为珠江纵队第二支队）发起反共合流的进攻。为了粉碎"敌、伪、顽"的联合攻击，把抗日游击战争引向广州市郊，进而控制广州市区，中共珠江三角洲党委作出决定，组织挺进广州工作组。工作组由卫国尧和卢德耀领导，在广州市南郊沥滘乡建立秘密据点。卫国尧接受新任务之后，便回到自己的家乡，利用人尽皆知的地主少爷、留日学生、国民党少校军官这些公开身份和社会关系进行活动。

当时沥滘为臭名远扬的"十老虎"所把持，"十老虎"是同父异母的十兄弟，是一群杀人越货的土匪、流氓、汉奸。他们依仗日本人的势力，欺压百姓，无恶不作，横行于周围 24 个乡村，还经常带领日军进犯抗日游击根据地。因此，要控制沥滘并向广州市区发展，就必须首先铲除这伙汉奸势力。卫国尧坚决贯彻党所制定的"荫蔽精干、长期埋伏、积蓄力量、以待时机"的秘密工作方针。尽管在沥滘这个虎穴里进行秘密工作十分危险，但享有"外交家"之称的卫国尧精心应付，从未出过差错。

卫国尧在沥滘站稳脚跟之后，便在积极分子中发展了一批党员，在青年中秘密组织

卫国尧

起"学习会"，在农民中组织"关帝会""兄弟会"，在店员中成立"同心会"。通过这些外围组织，团结教育群众，宣传党的政策，发动群众支援广游二支队，并从中了解敌人的情况。他巧妙地利用实力派、曾任乡长的卫轮秋与"十老虎"的矛盾，暗中支持他与"十老虎"进行斗争，使敌人更加孤立。经过卫国尧深入虎穴一年扎扎实实的工作，把群众团结在党的周围，动员了大批青年参加抗日游击队，经常给广游二支队提供财物和情报，还为铲除"十老虎"创造了有利条件。

1943年秋，卫国尧被调回五桂山区参加整风学习，临走之前，根据每年"十老虎"都在清明节去大石礼村扫祖坟的活动规律，制定了在第二年清明节利用拜山的时机擒拿"十虎"的方案，由留在沥滘的党支部具体执行。1944年春，广游二支队在沥滘乡党支部的紧密配合下，根据卫国尧提出的方案，在清明节那天，一举把"十虎"中的八只"老虎"（老大卫金润、老二卫金汝漏网）捉拿归案，并缴获一大批武器弹药。智擒"八虎"，为地方和百姓铲除了一大祸害。消息一传出，附近24乡的群众无不拍手称快，都夸卫国尧的智擒方案高明。

罗若愚：不畏机枪护农户

罗若愚（1898—1945），原名罗顺球，中山黄圃石军沙七宅村人。1925年，他在广州农民运动讲习所学习时加入中国共产党，学习结束后被委任为国民党中央农民部农民运动特派员，到罗定县开展农民运动。1927年"四一二"反革命政变后易名回到家乡黄圃，鼓励农民坚持斗争。1928年3月任中共中山县委委员。1932年，他被选为国民党九区副区长，暗地里组织成立了九区革命领导小组。

全国抗日战争爆发后，中山九区（即今中山东凤至三角、民众一带）的党组织在上级的帮助下重新建立起来，并且成立了中共九区区委，九区的革命活动和抗日救亡运动又重新活跃起来。1940年左右，石军沙党支部建立，罗若愚担任支部书记。他以石军沙乡乡长的公开身份动员当地教师开办夜校，教群众唱抗日歌曲，宣传党的抗日救亡方针、政策，培养抗日骨干，开办"广东民众抗日御侮救亡会中山工作团第三团"和"石军沙青年抗日先锋队"。1940年，中共南番中顺中心县委成立，在罗若愚的大力掩护下，中心县委派到中山九区的委员在石军沙大力开展妇女工作，发展地方党组织，开展抗日游击斗争和打击土匪的斗争，取得了突出的成绩。

1941年，随着抗日形势的发展，党领导的抗日武装第二主力中队进入石军沙，使石军沙的革命力量更加强大。1942年，日、伪军围攻中共领导的抗日武装九区大队，国民党护沙总队也乘机偷袭，但都遭到罗若愚领导的石军沙农民自卫队的伏击而狼狈逃窜。

罗若愚

163

挺起钢铁的脊梁
大革命及抗战时期中山红色故事

在抗击日、伪军疯狂进攻的同时，罗若愚也对当地的土匪势力和国民党反动派的骚扰予以坚决的回击。1943年春，他发动农民自卫队武装反抗匪首黄坤元强行抢劫党的秘密交通员罗润根的甘蔗和稻谷，并取得了胜利。同年，国民党军队不顾民生困苦，竟派军到石军沙乡劫掠百姓。罗若愚带领自卫队赶到现场，冲到敌人跟前，用双手将敌人的机枪口托向空中，勇敢与之斗争，迫使对方撤出石军沙乡，保护了广大农户的生命和财产安全。

1944年1月，出于整合抗日力量的需要，石军沙农民自卫队奉命编入九区大队，使九区的抗日武装实力大大加强。1945年1月，珠江纵队在五桂山成立，成为广东抗日的一支劲旅。罗若愚所领导的武装力量也配合珠纵第一支队，在九区积极开展抗日斗争。1945年5月23日，国民党顽固派出动3000人，配合日、伪军向驻中山九区的珠纵一支队九区大队发动大规模的军事进攻。在激烈的战斗中，罗若愚为了同志的安全，将自己的生死置之度外，全力组织、安排党员群众疏散转移。

1945年5月26日下午，罗若愚和其二哥及四名革命群众被横档土匪中队长蒋义和石军匪首黄坤元的200多名土匪包围，不幸被捕。罗若愚当晚在押回乡政府途经石军沙大鹅口时被杀害。

黄健：数次入狱仍不改初心

黄健（1906—1982），又名黄如诚、黄晓生，中山长洲后山村人。在革命战争时期，尽管先后五次被捕入狱，他仍旧初心不改，始终继续坚持革命。

1925年，黄健等进步青年成立新学生社中山分社，开展轰轰烈烈的青年学生运动。同年，黄健等因势利导发动青年学生开展"择师运动"，最终取得胜利。1926年，黄健任共青团中山县支部书记，积极开展共青团的各项工作。同年6月，黄健由中共中山县委书记李华炤和韦健介绍，加入了中国共产党，后任中共中山县委委员。

黄健还是1927年4月发生的卖蔗埔起义领导人之一。起义中，他遭伏击被扣押，由中山被解往广州番禺监狱。这是黄健在革命历程中的第一次被捕。1927年12月11日拂晓前，狱中的黄健带领难友们合力砸破牢门，冲出监狱，奔向街头，参加了广州起义。

广州起义失败后，黄健于1928年春远赴日本留学，学习军事。他积极参加中共东京特支的各项活动。同年秋，他进入日本士官学校预备班专学军事，并任学校党支部书记，组建了西北军官俱乐部，用各种联谊形式加强活动，交流思想感情。这对以后西北军的分化和反蒋斗争起到了积极的作用。

1928年9月，日本军警大举镇压革命活动，留日的部分学生及社会科学研究会的部分会员遭到逮捕，黄健也被捕入狱。这是黄健在革命历程中的第二次被捕。

1931年夏秋间，黄健从日本抵达上海，担任小学校长，并参加全国反帝大同盟的宣传工作。黄健在白色恐怖笼罩下的上海

黄 健

先后被捕三次，度过两年多的铁窗生涯，受尽帝国主义和国民党反动派严刑逼供，饱受精神折磨和肉体摧残的痛苦。正是监狱的酷刑，锤炼了他铮铮铁骨，表现出他对党的赤胆忠心。

黄健从南京出狱后，1934年年底到达澳门。1935年2月1日，黄健接任濠江中学暨附属小学校长。同年年底，华南工委派黄健任广州附近五县（南海、番禺、中山、顺德、东莞）特支书记。此后，黄健任博罗县特派员、中共博罗县委书记等职。

1947年，黄健在澳门开展统战工作，组织武装，搞情报，研究策反，并协助中共珠江地委、中共中山县委设立交通联络站，做好迎接解放的工作。1949年，黄健等人根据上级指示成功策动黄森部队起义，后又策动广东保安师一师、东江护路总队等武装起义，耐心说服已逃往澳门的国民党某部汽车连归降中山。这一系列的策反成果，大大增强了迎接解放工作的力量。

黄锦棠：广游二支队无人不晓的"四眼黄"

　　抗日战争时期，在八区游击队有位大名鼎鼎的"四眼黄"。绰号看似文弱，实际其本人作战勇敢，实乃一名"勇士"。这位"四眼黄"的大名叫黄锦棠，生于1912年，曾用名黄颉、黄贯夫，家乡是现今中山西区长洲村。

　　黄锦棠早年为一名教师，先后执教于烟洲、北山、会同、牛起湾、雍陌、县立一小及周崧等学校。1937年，在孙康、叶向荣（即叶蔚文）和李琴芳等人教育影响下，黄锦棠加入中国共产党。1938年，石岐近郊长洲乡成立党支部，黄锦棠任党支部书记。在黄锦棠的影响下，他的亲人积极投身革命，其弟黄煜棠和黄荫棠、侄黄衍枢都是当时长洲党支部的党员，两位姐姐黄筱坚和黄颖嫦亦积极参加妇协，为地下党送情报。他的家成了地下党的活动点。1939年年初，由于革命形势发展的需要，中共中山县一区区委成立，黄峰任区委书记，黄锦棠任宣传委员。

　　1941年4月，中共南番中顺中心县委决定将八区区委领导的陈中坚抗日游击队改为中山八区抗日游击大队，对外挂"挺三"第七支队第二大队番号，陈中坚任大队长，郑少康任党代表兼副大队长，黄锦棠任秘书。黄锦棠负责部队的政治思想工作及宣传发动群众的工作。在工作中，他充分发挥自己的演艺、口才等特长，上政治课时结合实际，讲得有声有色。同时，他作战勇敢、纪律性强、艰苦朴素、平易近人，且能以灵活的方法和专长做好工作。每次战斗胜利后，他立即可以编出一个小话剧，组织几个人演出，扩大宣传。所以，部队的同志和群众都称黄锦棠为黄副官或笑称其为"四眼黄"（因他深度近视）。

　　1943年春，由于工作需要，黄锦棠被调到中共南番中顺中心县委工作。初到顺德西海，黄锦棠与阮洪川搭档，做群众的宣传教育工作。此后，他任广游二支队群众工作队指导员兼支部书记，主要负责统战和群众工作。面对二支队活动周围复杂的派系关系，他胆大心细地做了大量团结争取和分化瓦解工作，为二支队在众多"绿林"人物割据的地盘上立足作出了诸多贡献。比如在活捉"八老虎"战斗中，黄锦棠不计个人安危，深入虎穴，稳住了"地头蛇"太子祺，为这次战斗减少了阻力。

1944 年 7 月 23 日，广游二支队新编第二大队准备第二次袭击市桥的敌人，但因前几日刮台风，一连下了几天大雨，暴涨的河水仍未退去，道路和田野仍被淹没，周围白茫茫一片，分不清田和路。部队出发到半路时，无法再走，被迫停止前进。部队领导立即决定到附近的植地庄休息隐蔽，伺机行事。不料，他们的行动被潜伏在植地庄当"陪月"的特务之妻何志英发现。何志英连夜赶到市桥向日军特务机关告密。26 日凌晨 2 时，驻广州石榴岗的日军部队 500 余人奔袭植地庄。由于是日浓雾弥漫，当哨兵发现敌人时，日军已上村庄周围的山冈，双方在拂晓前展开激战。部队领导立即组织分路突围。大队长卫国尧和黄锦棠等向西南方突围时，在塔沙岗遭到日军猛烈射击，先后中弹牺牲，鲜血洒在英雄的植地庄土地上。

王鎏：腮帮被打穿仍继续战斗

王鎏（1923—1942），又名王锦鎏，广州市人，农民家庭出身。1939 年加入中国共产党，1940 年任广游二支队小队长，翌年 7 月升任第一中队副中队长。1942 年 5 月牺牲，年仅 19 岁。

1940 年 3 月，日军向中山大举进攻，中山沦陷。5 月，王鎏被调到党领导下的广游二支队第一大队独立第一中队任小队长，活动在番禺与顺德之间。翌年 7 月，他升任第一中队副中队长。在顺德县活动期间，王鎏曾参加保卫西海、婆岗激战等较大的战斗，表现勇敢顽强。

1941 年 7 月，广游二支队司令部作出决定：注意捕捉战机，出击日、伪军，以恢复、发展禺南敌后抗日游击战。根据这一决定，8 月 12 日晚，谢立全带领小分队和十多名武装民兵摸黑直奔里仁洞。战斗打响后，进展十分顺利，小分队缴获了十多支长短枪。战斗结束后，小分队撤到彭地庄休息。为了加强警戒，部队派出两个侦察小组，向广州方向和市桥方向侦察敌情，派王鎏带领一个班 14 人，配备轻机枪一挺，据守大九岗，以便在发现敌情时掩护部队撤退。次日 7 时许，哨兵报告几百个日军从新造方向分两路来犯。谢立全果断命令：趁敌人未形成包围圈，火速撤出里仁洞，沿着彭地庄小路向敌人后方迂回撤退。谢立全迅速带领部队撤出，在婆岗与敌部队遭遇。婆岗上敌我双方各占一边。小分队指战员各自散开，利用梯田的死角，隔着茂密的乌榄树和杂草丛对敌射击，日军也倚着梯田集中火力向二支队战士猛烈射击。

在大九岗，王鎏等人正同另一路日军展

王鎏

开一场血战。他们总共才 14 人，一挺轻机枪，战斗一打响就牺牲了两名战士。日军对他们展开了轮番冲锋，日军的子弹像冰雹一样往山上撒来，大九岗上硝烟弥漫，沙石横飞。忽然，一颗子弹把王鎏的腮部打穿了。负伤后，他用衣袖一抹脸上的鲜血，继续坚持战斗，直至援军到来，共同击退日军后才肯接受治疗。战斗仍在继续，大九岗上这个班只剩下几个人了。但是，阵地还牢牢地掌握在二支队战士手里。

下午 2 时左右，番禺工委副书记梁奇达带来 100 多民兵前来增援。民兵喊声在山间回响，婆岗的日军不敢前进，只用掷弹筒和机枪盲目乱打一阵便撤退了。婆岗上的战士们撤下来，并通知王鎏等人撤退。王鎏等人把一排排的手榴弹掷向敌群，趁手榴弹爆炸的时候迅速撤下山。婆岗激战，二支队小分队指战员发扬了不怕牺牲的精神，面对十倍于己之敌，毙伤日军 30 多人，给那些耀武扬威、不可一世的日军一个迎头痛击。

1942 年 5 月下旬的一个晚上，中共南番中顺中心县委驻五桂山区代表谢立全率领中山抗日游击大队主力 70 多人，二区部队 30 多人，会同在九区坚持抗日斗争的杨日韶部队，对驻阜圩的伪军何国光营部进行袭击。王鎏率领一支部队负责封锁驻圩南靠河的敌人炮楼，牵制敌人火力点。正当主力部队完成歼敌任务，准备撤出阵地时，王鎏不幸被一颗子弹射中，壮烈牺牲，年仅 19 岁。

方群英：像一块磁铁，把群众吸引在周围

密切联系群众，是我们党的优良传统。在革命战争年代，正是由于无数的共产党人心系百姓、扎根群众，才赢得了广大人民群众的衷心拥护和支持。在中共中山历史上，就有一位乐于、善于、勤于做群众工作的女党员。她曾被珠江纵队副司令谢立全称赞为"像一块磁铁，能把男女老少群众吸引在她自己的磁场周围"。她就是方群英。

方群英于 1914 年出生在中山南朗田边村一个贫苦家庭。1937年七七事变以后，为了救亡图存，方群英主动联络一些姐妹，成立了妇女救亡宣传队，积极开展抗日宣传活动。当年，她光荣地加入中国共产党。1939 年年初，按照上级党委指示，方群英被调派到顺德县均安圩沙头村开展妇女工作。白天，她和战士们摔爬滚打，帮乡亲们摘桑、除草。夜晚为百姓家担水送柴，访贫问苦聊家常。

乡亲们采生草药为她治好毒疮，往她兜里偷偷放熟鸡蛋，端午节还给她送来粽子，方群英置身在热情的群众之中，感到充实和满足。1945 年，方群英被调到中山县九区，负责中山九区和三区部分地方及顺德县十区坝头市的 15 个党组织工作点工作。在白色恐怖下，群众对敌人的残暴行为心有余悸。刚到九区工作时，群众往往对其刻意回避。面对这种困难情况，方群英没有灰心，她先到党员苏英家里住下，化装成农妇，和苏英家人一起劳动，和群众谈话，鼓励大家开展生产自救。经过几天的工作，群众的顾虑消除了。

为了恢复党组织活动，方群英在敌占

方群英

区四处奔走，寻找失散的党员干部，整整花了半年时间，把每个地下党员都联系上，通过党员团结了近百名干部及群众，迅速开展了生产自救运动。此后，方群英在坝头市建立秘密联络站。工作中，她主动接近群众，关心群众，时常帮助困难户。有一个盲人病了，方群英像对待亲人一样，一口口给这位盲人喂药。盲人感动得流泪："你真是好人啊！"

　　方群英深受群众的爱戴。一次，群众打听到敌人要袭击联络站，立即通知方群英和其他同志转移，使敌人扑了空。联络站接待过许多地、县委的领导同志，由于有群众的帮助，从来没有出现问题。

唐仕锋：血染衣衫，不下战场

唐仕锋（1923—1944），原名文彭，又名树峰、子英，香山县唐家（现珠海市唐家湾）人，出身于归侨家庭。

1937年七七事变爆发后，唐仕锋积极参加家乡的壮丁队，后被乡里送去国民党广东省政府设在西樵山附近的军事训练班学习军事知识。学成回乡后，他担任壮丁队教练，后来还参加了横门保卫战的后勤运输工作。1940年春，唐仕锋在哥哥唐仕明的帮助指导下，到九区（今中山市阜沙、黄圃、南头一带）地下党组织领导的"白皮红心"的爱国武装队伍——梁伯雄大队当秘密交通员，来往于中山县九区和顺德县西海之间，为中共南番中顺中心县委领导传递书信和情报。同年冬，他加入中国共产党。翌年秋，唐仕锋调往顺德县西海，编入广游二支队独立第一中队任班长。

1942年6月，中共南番中顺中心县委为保卫西海抗日游击基地，决定派广游二支队主力队向林头的敌伪顽军发起进攻。在这次战斗中，唐仕锋和他所带的班作战英勇，表现出色。当时，唐仕锋在前进中突然发现在一堵斜着的土墙边有敌军正准备向我战士射击，情急之下，他连忙扣动扳机。只听一声枪响，敌兵应声倒地，其余敌兵慌乱逃窜。唐仕锋当即率兵追歼逃敌。突然一路敌军从另一方向射来一颗子弹，从他面颊横穿而过。他的两边大牙被打掉，鲜血直流，染红了衣服，但他强忍伤痛，与战士们坚持战斗到最后胜利，表现出一个共产党员战士英勇顽强的精神。在医疗期间，他嘴巴活动不自如，说话和吃东西都很困难。医疗站负责人方群英要他住进

唐仕锋

医疗站，方便治疗护理，但他还坚持严守岗位，不肯离开连队，每天到医疗站换药 3 次，直至伤口痊愈。

1944 年 1 月 1 日，中山人民抗日义勇大队公开宣布成立。在 1 月 3 日的庆祝大会上，唐仕锋被授予"战斗模范"光荣称号。同年 4 月上旬，唐仕锋从八区调回五桂山区，被任命为中山人民抗日义勇大队仲恺队中队长。1944 年 7 月 1 日，我军在芋头山设伏，歼灭日军一个通讯班 10 多人。日军为报复，调集 1000 多兵力分四路向五桂山区发动进攻。在这场战斗中，唐仕锋所率领的仲恺中队和其他几个中队密切配合，截击了从翠亨至石门进入五桂山区的日军，击退了日军在机枪、山炮的掩护下向我阵地发动的多次疯狂进攻，堵住敌军前进道路，使之不得不撤出五桂山区。

在这场战斗中，唐仕锋身先士卒，一直在前线指挥作战，完成自己所担负的阻击牵制敌人，掩护指挥部和军政、妇女、青年等训练班人员安全转移的任务。当他最后撤出阵地时被敌军发觉，敌军突然向他射击，他头部中弹，不幸牺牲，年仅 21 岁。

梁绮卿：千金小姐闹革命

提起民国千金小姐，大家首先想到的是不是戴望舒雨巷中描述的"穿着旗袍，打着油纸伞，缓步走在细雨绵绵的雨巷"的娇弱小姐？但我们下面要介绍的这位民国千金小姐，她可是一位舍弃舒适生活，投入轰轰烈烈革命事业的"另类千金小姐"。

梁绮卿于 1917 年出生在石岐城郊的一个富裕家庭。其父在广州大新公司任高级职员，她自幼随父亲在省城生活。少年时期，她衣食无忧，生活舒适。这样优越的生活，在半封建半殖民地的民国时代，可以说是很多人梦寐以求的。但是目睹国家的贫弱、政府的腐败、人民的艰辛，她毅然决然舍弃了舒适的生活，投入到轰轰烈烈的革命事业中。

1937 年，20 岁的梁绮卿加入中国共产党。同年 8 月，梁绮卿又通过私人关系，将其舅舅王棠空置的房屋"太原第"提供给全国抗日战争初期广东地区最早重建的县委——中共中山县委机关作为办公场所。

其后，梁绮卿以教师的身份作掩护，发展了方群英、程志坚等一大批青年入党，为 1939 年 1 月中共中山县一区区委的成立作出了重要的贡献。在中山县战时妇女协会任职期间，她领导广大妇女开展有声有色的抗日宣传活动，宣传抗日救国与妇女解放的思想；同时还举办妇女干部培训班，每期 30 人参加，培训了大批妇女骨干。

1940 年，中山全面沦陷。1941 年年初，中山本部县委通过统战和社会关系，派梁

梁绮卿

绮卿进入国民党中山县伪警察局当秘书。梁绮卿把刚出生的儿子托付给别人抚养，利用工作之便，为党组织搜集敌伪情报，还提供不少路条以掩护地下工作者的进出活动。梁绮卿通过伪警察局情报课，巧妙地套取了不少诸如"清剿计划"等重要情报，为对敌斗争获得主动权。

1942年6月，梁绮卿调任南番中顺游击区负责妇女工作，后又调到广游二支队负责宣传及妇女工作。她在顺德路尾围开展工作时，还开办夜校，教授文化，宣传抗日，继而成立姐妹会、婶姆会，发动当地妇女支持抗日。

1944年7月26日凌晨2时，驻广州市郊石榴岗日军500多人，由指挥官吉田率领，乘夜奔袭广游二支队新编第二大队驻地植地庄。战斗中，黄平带领部分非战斗人员冲向村后长岗岭，拟抢占高地。他第一个跳出围墙，高呼："共产党员带头冲锋，跟我来！"梁绮卿等十五六人跟着冲锋。梁绮卿、陈汉仔等先后中弹负伤，仍相互搀扶，顽强地向前冲。随着敌人机枪一阵疯狂乱射，梁绮卿等人的鲜血全洒在身下的这片土地上。梁绮卿牺牲时，年仅27岁。

程志坚：因为革命，与父亲脱离关系

在轰轰烈烈的革命时代，许多有志青年都选择与封建家庭决裂，毅然决然地加入抗日革命队伍。他们为抗击日本侵略者，为新中国的成立发挥了重要的作用。程志坚（1917—1946）就是其中的一员，为了革命，她不惜与家庭决裂，与父亲断绝父女关系。

程志坚原名程凤娟，生于1917年，其父是国民党省司法机关的审判员、中山县参议员。1937年，七七事变爆发后，程志坚回到家乡，成立妇女抗日救亡宣传队，到乡里最热闹的街头、墟市向群众宣传抗日救亡的道理。其后，妇女抗日救亡宣传队改为妇女抗日救亡工作队，以后又改为中山县四区妇女抗日救亡工作团。程志坚当团长，方群英当副团长。抗日救亡运动在中山四区蓬勃地开展起来。

1937年10月25日，程志坚和方群英、孙启明、孙秀珍一起光荣地加入了中国共产党。在抗日民族统一战线的推动下，1939年1月，共产党所掌握的中山县战时妇女协会成立了。程志坚为妇女协会执委委员、宣传部部长。她不辞劳苦，经常步行到各区妇女和青年组织中去了解情况和指导工作，同妇女协会、抗先的同志一起与国民党反动派及国民党中山县党部书记长林卓夫等进行了多次面对面的毫不妥协的斗争。

1939年8月，在"八一三"抗战两周年

程志坚（前右一）

纪念会上，为争取妇女协会组织的合法地位，程志坚与林卓夫展开激烈辩论。压服不了程志坚的林卓夫恼羞成怒，便转而对程志坚的父亲施加压力，要他约束自己的女儿，不准她到外面活动。其父对程志坚说："我是县参议员，你是我的女儿，我和你伴坐在舞台的椅子上，人家是在台下站着，现在人家要推倒我们，抢去我们的椅子，你为什么和别人站在一起呢？"程志坚说："我不稀罕你的椅子，谁有理就站在谁的一边！"软的办法不行，她的父亲又以硬的办法对付她，威胁她说："你不听我的话，我就和你脱离父女关系。"要父亲？要革命？程志坚界线分明，毫不妥协地主动登报与父亲脱离父女关系。

由于国民党中山当局坚决执行"限共、溶共、反共"政策，妇女协会终被强行解散。之后，为了利于革命工作的开展，党组织调她到粤中地区江门、新会一带工作。1943 年秋，程志坚又回到五桂山游击区，负责南朗、张家边一带的民运工作。抗日民主政权成立后，程志坚是滨海区（由张家边至崖口沿海一带村庄）党的负责人之一。

抗战胜利后，程志坚被调到广东人民解放军的云雾山边区工作委员会负责民运工作。1945 年冬的一个晚上，在执行领取部队给养和收集情报任务的途中，她不幸被捕。程志坚在狱中十分坚强，敌人的每次审问都成了她揭露敌人罪恶阴谋、怒斥敌人的机会。1946 年初一个寒冷的黑夜里，她英勇就义，时年 29 岁。

中山抗日杨家将

北宋杨家将的故事流传千古，他们忠肝义胆，舍身为国的精神至今还被人称颂。在中山翠亨村也有那么一个杨家，其叔侄三位先后为民族的解放事业献出年轻的生命，他们就是杨日韶、杨日璋、杨维学。其中，杨日韶、杨日璋一家八口全部参加抗日工作。

杨日韶：献身抗战的杨门英烈

杨日韶（1918—1942），1936年毕业于中山县立乡村师范学校，毕业后到三乡谷镇光后小学任教，加入谷镇文化界战时服务团的抗日群众团体，更加积极参加抗日救亡运动。1938年上半年，他光荣地加入中国共产党。1939年，在九区从事抗日工作的县抗先第二工作队的杨日韶被调往梁伯雄大队，出任大队副官的职务。不久，党组织为进一步加强这支队伍的领导，委任杨日韶为副大队长。1940年7月，杨日韶任中山抗日游击队中队长，1941年任九区第一主力中队中队长。

1942年，日、伪军乘九区主力部队转移到五桂山之机，向中山三九区（即古镇、小榄至南头、黄圃、阜沙、三角一带）进行"梳篦式"的搜索、"扫荡"，妄图消灭三九区的抗日力量。5月，为扭转中山的抗日形势，中共南番中顺中心县委决定趁敌人立足未稳，夜袭阜圩（又名浮圩，今阜沙镇中心地带）。在夜袭阜圩的战斗中，谭桂明和中队长杨日韶负责带领火力队占据堤围，掩护突击队过河进攻。在激烈的战斗中，杨日韶不幸多处中弹，身负重伤，

杨日韶

但他仍把着机枪向敌人射击。后在游击队的火力援助下，战友才把杨日韶抢救出来。但由于当时医疗条件差，杨日韶的腿部流血不止，又染上了破伤风，在抢救途中流血不止，壮烈牺牲。

杨日璋：弃教从戎的中山抗日杨家将

杨日璋（1919—1944），是杨日韶的弟弟。其早年在石门小学任教师，在教学的同时积极投身抗日事业，进行抗日宣传。不久，他被中共地方组织选定为秘密交通员。1941 年，中共直接领导的抗日武装在九区成立，其兄杨日韶任九区梁伯雄大队副大队长兼中山抗日游击队第一主力中队中队长。杨日璋便拜别爹娘，离开了石门小学，到中山九区参加武装部队，易名为杨章。

杨日璋参军后，先后参加过夜袭下栅、唐家、前山、南屏、南朗、翠微、张溪等十多次战斗，在战斗中英勇顽强，出色完成任务。1943 年 10 月，他被提为中山抗日游击大队第一主力中队中队长。1944 年 1 月，他改任中山人民抗日义勇大队仲恺中队队长。

1944 年 4 月 15 日，杨日璋中队与二区中队联合再袭击石岐附近张溪伪护沙队第十五中队。杨日璋负责主攻敌营梁氏宗祠，二区中队负责火力掩护。当晚，杨日璋率领队伍秘密接近伪护沙队的营房，迅速埋伏在祠堂两侧。在猛烈的火力掩护下，杨日璋发动冲锋。

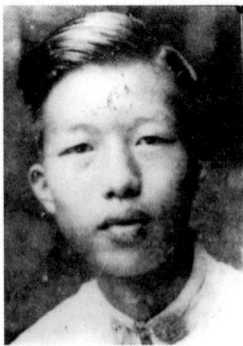
杨日璋

在战斗中，一颗从对岸射来的掷弹筒弹恰好撞在祠堂侧的榕树上爆炸了，杨日璋被反弹的弹片炸至重伤。祠堂里的敌人乘机向游击队疯狂射击。为了保存实力，游击队迅速撤出阵地，战友们用小艇飞快地运送杨日璋去游击队的秘密交通站治疗，但因伤势严重，流血过多，抢救无效，杨日璋于 4 月 16 日凌晨牺牲，为中华民族的解放事业献出了年仅 25 岁的生命。

杨维学：残身赴国难，烈火中永生

杨维学（1911—1944），是杨日韶、杨日璋的叔父辈。其原为一位乡村小学教师，在党的召唤下，逐渐走上了革命道路。入党后，他一直在翠亨一带负责党的地方工作。他右手残疾（断去手掌），执笔写字、执筷吃饭都要靠左手，而且视力低弱，要佩戴眼镜，晚上走路非常困难。但他身残志不残，抗战信念坚定，长年跋山涉水，靠双腿走遍穷山僻岭，把抗日的种子播撒在中山各个角落。

杨维学

1944 年 8 月，按照党组织交给的任务，杨维学在中山五区负责建设民主乡政工作。他经常住在凤凰山区的东溪村，不辞辛劳地工作。在工作中，无论环境多么艰苦，他都坚持党的群众路线，做细致的思想动员工作，让广大群众在黑暗中得见光明，在绝望中找到希望。在杨维学的宣传动员下，当地群众踊跃地支持抗日剿匪，自觉为游击队带路。

1944 年 12 月的一个晚上，杨维学按预定计划赴梅溪村开展民主乡政活动。途中，不幸被日军伏击而被捕。被捕后，他被押解到拱北审讯。尽管日军几天几夜对他进行严刑拷打，施用各种酷刑威逼他供出共产党和抗日军队的情况，但他视死如归，表现出共产党人的凛然正气。日军无可奈何，把他转移到下栅外沙，将他吊在松树上，用点燃木柴火烧身的残酷手段逼供。这位铮铮铁骨的抗日英雄面无惧色，在火光中高呼："中国共产党万岁！"英勇就义，牺牲时年仅 33 岁。

黄鞅：独臂英雄，献身抗日

在抗日战争时期，中山有一位名声赫赫的独臂英雄，他在民族危难时刻，弱冠年华就走上抗日的道路。他积极工作，不管是到前线抗日杀敌，还是做统战工作、群众工作，都尽心尽责，即使身负伤痛，仍"独臂"抗日，在中山抗战历史上谱写了光辉的篇章，为中华民族的解放事业英勇地献出了自己年轻的生命。他就是黄鞅。

1922年，黄鞅生于一个殷实的小商人家。他幼年就读于位于今天西区长洲的烟洲小学，后随二兄黄健到澳门濠江小学读书，幼年时便在心里播下了革命的种子。1936年，黄鞅从濠江小学毕业后返回中山，在县立中学念初中。1937年七七事变后，年仅15岁的黄鞅加入长洲战时服务团，并成为服务团的主要骨干。1938年，他光荣地加入中国共产党，后任中共中山一区区委委员。

1939年，日军进犯横门，黄鞅积极响应中共中山县委的号召，组织救护队和慰问队开赴横门前线，积极开展慰问和救护工作。1940年3月中山沦陷后，为打击敌伪的嚣张气焰，鼓舞人们的抗日斗志。黄鞅等人率领长洲乡警队，对作恶多端的长洲乡伪维持会和伪乡警队进行突然袭击，击毙了伪维持会会长黄子瑜、劣绅黄翰芬等人，缴获了伪乡警队的武器。这一突袭行动大大振奋了人心，威慑了日、伪军。

1942年5月中旬，五桂山抗日部队会同九区的杨日韶部队联合出击何国光营部。黄鞅随队行动，负责攻击敌营地。在战斗中，黄鞅英勇作战，冲锋在前，直至左手臂中弹负伤。虽然伤势严重，黄鞅仍坚持战斗。战斗结束后，由组织安排他到后山村一堡垒户

黄 鞅

处秘密治疗，后转往澳门医治。不幸的是，由于伤势较重造成左手残疾，黄鞅以后只能右手独臂行动。伤残丝毫没有动摇黄鞅的抗日决心，当他重回番禺榄核的队部时，领导和战友看着他残疾的左手，为他感到可惜。黄鞅却泰然地说："左手残了，还有右手，要抗战胜利是需要付出代价的！"

黄鞅左手残疾，但他仍以坚忍不拔之志继续坚持抗日，"独臂"抗战。1943年，五桂山抗日根据地得到迅速发展，南番中顺游击区指挥部为了进一步加强对中山抗日斗争的领导，决定从中山抗日游击大队抽调精干战士110余人，组成由指挥部直接领导的逸仙大队。黄鞅被任命为队长，下辖民族、民生、民权三个中队。在黄鞅的领导下，该队纪律严明，作战英勇。黄鞅曾率队与中山抗日游击大队联手袭击南朗伪军据点，取得重大胜利。

1944年1月31日，日、伪军出动8000多人向五桂山抗日根据地发动"十路围攻"。按照上级的部署，黄鞅率领逸仙大队布防于石莹桥附近大帽山左侧的制高点，右侧的制高点由友军钟汉明部（统战对象）控制，由黄鞅负责指挥。31日清晨，进犯五桂山区的一路日、伪军1000多人，眼看就要进入我方的伏击圈，但因钟汉明部临阵怯敌，过早暴露。敌军经过观察后，向大帽山阵地发动进攻。在激烈的战斗中，黄鞅置个人安危而不顾，即使只能靠右手战斗，依然身先士卒，奋勇杀敌，后不幸被敌人的炮弹击中，当场牺牲，年仅22岁。

刘震球：美国归侨成为珠三角首位区民主政权主席

1944 年春，南番中顺游击区指挥部根据中共中央的指示精神，将五桂山区作为珠江三角洲建立以抗日民族统一战线为基础的民主政权的先行点，爱国归侨刘震球当选为首任五桂山区政务委员会主席，也是珠江三角洲首位区民主政权主席。

刘震球，又名智明，1908 年出生，南朗合水口里村人。少时随父到美国经商。九一八事变的消息传到美国，刘震球内心感到十分悲愤。当华北告急的消息再次传来时，他再也坐不住了，从美国返回家乡合水口里，开办民众教育，积极宣传救亡。中山沦陷后，他和同村的凌子云、甘金水等以"防匪、保家"的口号，把乡里的青年组织起来，成立了刘震球集结队。

1940 年冬，中共中山县委派党员邓展明夫妇到合水口小学当教师作掩护，以建立据点。共同的抗日志向，使刘震球、邓展明很快成为知心朋友。刘震球让邓展明夫妇住到自己家里，为邓展明开展党的活动提供方便。合水口村的大禾坪（晒谷场）旁有间小杂货铺，每当月朗风清的夜晚，周围村庄的老老少少都聚集于此乘凉。邓展明、刘震球等就利用这个阵地向群众宣传抗日。后来，刘震球得悉店铺的主人生意不好，要关闭店铺，便出钱把店铺买下来，使这个阵地得以维持下去。

为使刘震球集结队有公开合法的社会地位，刘震球接受邓展明的建议，在国民党中山县政府领取"国民兵团特务大队第三中队"的番号，自任中队长，邓展明任中队指导员，使这支队伍成为挂国民党军队的招牌，受共产党领导的人民抗日武装。刘震球办事公道，主持正义，山区的群众都很尊重他、支持他。很快，刘震球集结队就向贝头里、白企、灯笼坑、长江、长笼坑等山村发展，各村都有一个小队。这支队伍发展到哪里，党的工作就做到哪里，党的力量在五桂山区迅速扩大。

刘震球与中国共产党同舟共济，肝胆相照，共赴国难，即使自己家的房子被日军烧毁，仍坚持抗日。中共南番中顺中心县委作出开辟五桂山抗日根据地的决定后，合水口里村成了中心县委和中山人民抗日游击队的重要活动基地，中共中心县委书记林锵云，委员谢立全、谢斌、刘向东，中山抗日游击队的领导谭桂明、欧初、罗章有，抗日民主政权中山县行政督导处领导叶向荣、曾谷、阮洪川等都在他家落脚过。每次游击队领导到来，刘震球便召集村里的可靠青年去南朗墟探听敌情，及时把掌握的情报汇报给游击队领导，彼此配合甚默契。

1944年10月中区纵队成立时，刘震球集结队编入中区纵队第一支队，代号为"孔雀队"。刘震球舍弃富裕的生活环境，跟着抗日游击队在山头上风餐露宿。在日、伪军对五桂山区发起进攻和"扫荡"的日子里，他常扎着裤腿，手持竹棒，带领他的集结队配合中山人民抗日义勇大队战斗，辗转打击日、伪军。当敌人围剿山区时，他发动民兵带领村民进行反围剿斗争，破坏公路、桥梁，以牵制敌人，开展麻雀战以骚扰敌驻地，使敌人不敢在山区驻扎，保护了人民群众。他以无党派人士的身份，主动积极为党做好统战工作，团结联系了更多华侨和各阶层人士。

1944年4月中旬，在石莹桥村召开的五桂山区军民各界建政代表大会，按照"三三制"原则，选举刘震球为五桂山区战时联乡办事处主任。同年8月，五桂山区政务委员会成立，刘震球当选为主席。联乡办事处下辖合水口、长江、白企、贝头里、

刘震球集结队旧址

石莹桥等乡民主政权。他与民主乡政工作人员一起，积极动员青年参加抗日部队，实行减租减息，减轻群众负担，推行民众教育，调解民事纠纷，维护社会治安，帮抗日部队征收税粮保障部队供给，搞好通讯联络，使五桂山区一度呈现安居乐业的景象，群众和部队生活都有了改善。为了活跃山区文娱生活，他还组织各村开展村民唱抗日歌曲活动。白企村组织了众乐剧社，民主乡政干部甘正嵩、李斌等带头参加，在山区各村巡回演出，受到义勇大队领导的表扬。

游击勇士：英勇不屈，鲜血染红石莹桥山溪

　　1945 年 5 月 9 日，日、伪军及国民党顽固派经过秘密协商后，纠合 4000 余人，从灯笼坑、长江、榄边、崖口、翠亨、石鼓挞兵分六路对五桂山区抗日根据进行大规模"扫荡"，矛头直指五桂山心脏地带。

　　日、伪军及国民党顽固派进入五桂山区后，所到之处，烧杀抢掠，杀害无辜百姓，疯狂搜捕游击队员、军属和抗日群众，给根据地和人民群众造成严重损失，计 30 余所房屋被毁，无辜百姓 100 多人被害。叛徒郑兴助纣为虐，竟带领顽军萧天祥部搜捕抗日游击队员和抗日群众，在三乡杀害了郑照、陆柱、郑秋叶、郑顺晃、郑安、黄元开、黄康聘、黄清等 11 名民兵和抗日军属。梁雄部在崖口抢掠大批财物，搜捕乡民十多人。梁雄、钟汉明部还在黄茅坪烧毁民房过半。日军进入槟榔山村，放火烧毁了珠纵司令林锵云居住过的房子。

　　在五桂山区石莹桥附近，敌人还用骇人听闻的残忍手段杀害了16 名游击队员。"五九扫荡"当天，张少筱、缪有根、刘潮、周廉、蔡耀、梁换标等 16 名游击队员在与敌人战斗后从石鼓挞等地突围，他们在石莹桥附近相遇，自动集结。由于敌人搜索严密，游击队员被困于石莹桥附近的大石托山上的一个破炭窑里，整整七天滴水未沾。为了查明敌情，他们派一名队员下山侦察，顺便找点粮食。不幸的是，这名队员刚下山就被日军抓获。敌人立即派出大队人马搜山，另外 15 名队员因多日未曾进食，身体极度衰弱，无法转移而全部被俘。

　　敌人将 16 名游击队员押解到石莹桥溪边的一块大石上进行酷刑审讯，游击队员英勇不屈，守口如瓶，拒不透露游击队的半点情况。

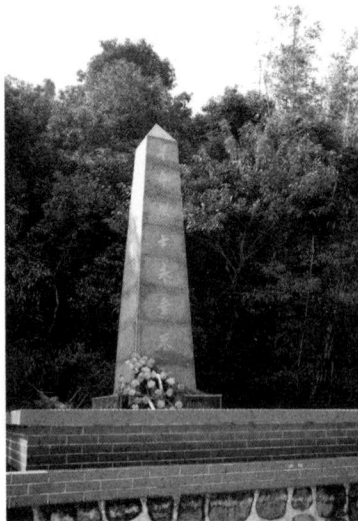

位于五桂山区石莹桥村后山脚的石莹桥
十六烈士纪念碑

敌人无计可施，恼羞成怒，将16名游击队员拉到石莹桥后山的大石头上进行惨无人道的肢解。壮士的鲜血染红了大石，染红了山溪。敌人离去后，在石莹桥做群众工作的中共党员潘泽和民主乡长钟大元发动群众冒着生命危险，将16名游击战士的遗体掩埋，随后又爬山越岭到合水口乡向县督导处的领导汇报。

新中国成立后，中山县人民政府在翠亨南侧建立革命陵园，烈士遗骨被移葬于陵园内。1992年春，中共五桂山镇委和五桂山镇人民政府在石莹桥村后山脚的大石旁立碑以纪念这些为祖国英勇献身的游击战士。

铁流十二勇士：壮烈如狼牙山五壮士

"铁流十二勇士"，即珠纵一支队铁流中队12名指战员，中队指导员郑新，队长梁杏林。

"五九扫荡"后，为坚定群众坚持抗战的信心，珠纵一支队副支队长罗章有与政治处主任杨子江商量，决定成立一支宣传工作队——铁流队，到滨海、谷镇平原地区活动，一方面宣传、发动群众，坚持抗日斗争；一方面监视敌情，伺机打击敌伪。1945年5月27日，珠纵一支队铁流队在石门宣布成立，全队共12人，中队长梁杏林、指导员郑新。

铁流队成立当天，即出发深入到三乡附近的雍陌乡进行抗日宣传，当晚在塘敢乡宿营时被敌人发现。叛徒郑兴及"挺三"肖瑞豪、巢添林部和国民党中山县特务大队高宋保部，还有五区伪联防队共100余人连夜出动，于28日凌晨3时包围了塘敢乡，向铁流队宿营地发起进攻。叛徒郑兴厚颜无耻地向铁流队战士诱降，遭到战士的拒绝和痛斥。在十倍于己的敌人面前，12名铁流战士毫无惧色，英勇战斗，从拂晓坚持战斗至下午4时，先后打退敌人五次进攻。

在弹药将尽，无法突围的情况下，指导员郑新主持召开紧急支部会议，共产党员带头表态决不投降。12名宁死不做俘虏的战士，把仅有的几颗手榴弹和一个炸药包留给自己。他们将文件烧毁、

中山革命史迹陈列馆里的铁流十二勇士雕塑

枪支砸烂，然后围在一起高唱《国际歌》。当敌人逼近时，共产党员贺友仔拉响了连同炸药包捆在一起的手榴弹……贺友仔、李权、郑楷、郑福培、李光、梁标六名战士当场壮烈牺牲，其余重伤，落入敌手。指导员郑新和一名战士在被押送途中因伤重牺牲，队长梁杏林及另外三名战士被押解到三乡。在敌人的威逼利诱面前，梁杏林等四名铁流勇士坚贞不屈，后经地方党组织及当地群众多方营救，才脱离虎口。

铁流队只存在了短短几天时间，但他们不屈不挠的英雄气概及勇于牺牲的大无畏革命精神，激励了广大抗日将士继续投身抗战事业。他们用自己的鲜血和生命为中山的抗日斗争史写下了壮丽的一笔。